DIE ELFENBEINMADONNA

AF205877

Ulrike Friebel

DIE ELFENBEINMADONNA

Die Abenteuer
der Begine Renitenta

Band 3

Bibliografische Information der Deutschen Nationalbibliothek:
Die Deutsche Nationalbibliothek verzeichnet diese Pub-
likation in der Deutschen Nationalbibliografie; detaillier-
te bibliografische Daten sind im Internet über
http://dnb.dnb.de abrufbar.
© 2018 Ulrike Friebel
Titelillustration: Birte Strohmayer
Herstellung und Verlag: BoD – Books on Demand,
Norderstedt
ISBN: 9783746056692

Inhalt:

Die Beginen:

- ➢ Henrike von Havixbeck, seit 19 Jahren Meisterin des Konvents und amtsmüde
- ➢ Renitenta von Holsterhausen, die Aufnahme in den Beginenhof hat sie vor der Ehe mit einem alten Schneider bewahrt. Sie ist Begine mit Leib und Seele, trotzdem muss sie „wandern"
- ➢ Maria Exacta, Schatzmeisterin, liebäugelt mit der Reformation, und weiß fast alles (besser)
- ➢ Cordula von Cappenberg, genannt Controletta, will endlich klare Regeln in das Beginenchaos bringen
- ➢ Jolanthe, durch manchen Streit mit Renitenta in Freundschaft verbunden, feste Regeln sind ihr ein Gräuel
- ➢ Maria Influenza, kreative Köchin der Gemeinschaft, auch Salzmarie genannt
- ➢ Reimunde, die älteste der Beginen, achtet auf Harmonie und darauf, dass ihr der Schlaftrunk nicht ausgeht
- ➢ Ambivalenzia, typische Rosinenpickerin, hat hohe Ansprüche an das Leben im Beginenhof, tut aber nichts dafür
- ➢ Klara, hochspirituell, glaubt fest an die Macht der positiven Energien
- ➢ Elisabeth, Roswitha und Graziella, fromme und wohltätige Frauen, jedenfalls meistens

DICKE LUFT

Die Begine Jolanthe schäumte vor Wut. Stunden um Stunden hatte das Festkomitee zusammengesessen und alle Gesichtspunkte sorgfältig bedacht und besprochen, die bei der Durchführung einer so wichtigen Angelegenheit wie einer 250 -Jahresfeier zu berücksichtigen waren. Fast wäre es zu einer Einigung gekommen. Es hätten nur noch zwei oder drei Beginenschwestern ihre dickköpfigen und besserwisserischen Standpunkte aufgeben müssen. Und das hatte Jolanthe bisher noch immer irgendwie geschafft. Es wäre bestimmt ein gelungenes Fest geworden.

Und nun kam Schwester Controletta von einem Besuch bei ihrem sterbenden Vater zurück und statt, wie es sich geziemen würde, in sprachloser Trauer zu versinken, schrie sie gleich los: „Das könnt Ihr gar nicht ohne mich entscheiden! Ich habe Euch doch gesagt, dass ich noch einige grundsätzliche Bedenken zu diesem Jubiläum habe!"

Jolanthe war zu ihrer Lieblingsbeginenschwester Renitenta gelaufen, um ihr Leid zu klagen. Meistens hörte die sich die Klagen über Controletta gerne an und bestätigte Jolanthe, dass sie im Recht war. Aber heute schien sie nicht bereit zu sein, in ihr Klagelied mit einzustimmen. Im Gegenteil, sie zog eine Augenbraue hoch, und fragte kühl: „Welche Aufgabe hattest Du doch gleich übernommen? Wolltest Du nicht bis heute den Hühnerstall reparieren? Die Hühner spazieren Tag und Nacht durch das Haus und kacken in den Speisesaal. Darüber, dass Du als zuständige Geflügelbegine so schnell wie möglich dafür sorgen sollst, dass die Viecher in ihrem Gehege bleiben, bestand in der Beginenversammlung völlige Einigkeit, nicht einmal Controletta würde das bestreiten. Meinst Du, ich habe Lust, beim nächsten Mal wieder eine Stunde über falschgelegte Eier zu reden?"

Mit diesen Worten griff Renitenta nach einer prächtigen rotbraunen Legehenne, die sich gerade auf dem langen Esstisch niederlassen wollte, an dem die Beginen eben noch über ihre versalzene Grütze geschimpft hatten. Sie schubste das Huhn zu Jolanthe hinüber. „Bring Deinen freilaufenden Hühnern mal Achtsamkeit bei, damit tust Du etwas für die Gemeinschaft!"

Jolanthe war zuerst etwas beleidigt, dann huschte ein hintersinniges Lächeln über ihr Gesicht.

„Wusstest Du eigentlich, dass unsere Hühner alle einen Namen haben?" „Komm, Renitenta", wandte sie sich der braunen Henne zu, „wenn Du nicht bald achtsamer wirst, landest du in der Suppe." Dann trug sie das empört gackernde Huhn zum Hühnerstall und begann mit der Arbeit. Zwei Stunden später war der alte Weidenzaun vor dem Hühnerhäuschen wieder dicht. „Das Huhn kommt nicht hinaus, der Fuchs kommt nicht hinein, so soll es sein", trällerte die nun wieder bestens gelaunte Jolanthe vor sich hin. Was konnte Controletta schon für Einwände gegen ihr hochspirituelles Festprogramm haben? Schon der Eröffnungskreistanz mit den Petrasilienkränzchen auf einem Giersch-Brennnesselteppich war einfach genial.

Die Sonne sank tiefer und tiefer, genauso wie die Hoffnung der Beginen auf ein salzarmes Abendessen.

„Weißt Du", stichelte die Begine Renitenta auf dem Weg in den großen Gemeinschaftsraum, „Maria Influenza ist ganz schön schlau. Eigentlich ist unsere Speisekarte ja ziemlich eintönig, Weizengrütze, Hafergrütze, Gerstenbrei… Aber Maria Influenza macht mehr daraus, es gibt Weizengrütze mit wenig Salz, mit viel Salz und mit viel zu viel Salz, mit bestialisch viel Salz und ohne Salz. Das sind schon fünf Gerichte, dasselbe mit Hafergrütze noch mal fünf und mit Gerstenbrei noch mal fünf. Dann gibt es noch die Konversionsvarianten, Salz mit viel Weizengrütze, Salz mit wenig Weizengrütze und Salz ohne Weizengrütze, bäh."

Elisabeth hatte so begeistert gekichert, dass Renitenta nicht gemerkt hatte, dass sie längst an der Essensausgabe angelangt waren. Maria Influenza stand da mit hochroten Ohren und füllte den Beginen aus dem großen Topf tüchtig die Teller. Die Portionen, die auf Renitentas und Elisabeths Teller landeten, waren jedoch sehr überschaubar.

„Ihr habt die Speisekarte nicht richtig gelesen", sagte die Köchin spitz zu den beiden Spötterinnen, „es fehlt die Luftvariante, Grütze mit viel Luft auf dem Teller oder Grütze mit ausschließlich Luft auf dem Teller, sucht es Euch aus."

„Ach, Du Heiliger Bimbam, Du hast mal wieder alles falsch verstanden. Du, Salzmariechen, ich weiß es wirklich zu schätzen, was Du alles aus diesen drei Getreidesorten machst. Dass die Garten AG dieses Jahr so wenig Gemüse geerntet hat, liegt doch nicht an Dir." Renitenta versuchte Maria Influenza zu beruhigen und hielt ihr den Teller noch einmal hin. „Ich hätte gern die Dicke-Luft-Variante mit wenig Salz."

Maria Influenza war schnell versöhnt und grinste Renitenta mit dem triumphierenden Lächeln eines Menschen an, der etwas weiß, was nicht alle wissen.

„Diese Variante werde ich Euch in nächster Zeit des Öfteren anbieten, wenn Controletta ihre Vorschläge und Erkenntnisse zum Beginenhofjubiläum vorgetragen hat. Morgen Abend wird sie es allen berichten. Ich bin mal gespannt, wie dick die Luft dann wird."

DAS WANDBILD

Henrike von Havixbeck verbrachte viel Zeit in der kleinen Kapelle des Konvents. Die Oberin der kleinen Beginengemeinschaft hatte hier immer schon Ruhe gefunden, aber seitdem die Kapelle den lange fälligen neuen Anstrich erhalten hatte, war sie zu ihrem Glücksort geworden. Die Farbgebung war einzigartig. Wie üblich waren bei der Entscheidung über die Wandfarbe mehrere Favoriten im Rennen. Diskutiert wurde wie immer nach dem Motto: Nachgeben ist was für Feiglinge! Blau war die beliebteste Option, also waren zwei Wände und die Decke hellblau gestrichen. Die anderen Wände waren in zartem Spinatgrün und Spiegeleiweiß gehalten.

Am liebsten versank Henrike in der Betrachtung des neuen Wandgemäldes. Die Oberin hatte lange von einem einzigartigen Bild aus dem Leben Jesu geträumt, diesen Wunsch aber aufgegeben, nachdem sie erfahren hatte, dass die Spenden vor der Hoftür das Ergebnis von Jolanthes Zockerabenden waren. Nach einem ernsten Gespräch mit der Fürstäbtissin hatte Jolanthe ihr gefährliches Laster aufgegeben. Henrike war sehr erleichtert gewesen und hatte frohen Herzens auf das Wandbild verzichtet.

Aber dann standen eines Tages zwei gut gekleidete und ehrbare Frauen vor dem Tor des Beginenhofs und fragten, was es mit dem Gerücht auf sich habe, dass die Beginen die sogenannten Schwarzmondbrüder aus der Stadt verjagt hätten. Die Oberin hatte vorsichtig geantwortet, dass jeder die Verantwortung für seine Taten selbst tragen müsse, und dass Beginen sanftmütig und immer bereit sein, auch das größte Unrecht zu verzeihen. Allerdings, ja, die Beginen Jolanthe und Renitenta hätten tatsächlich ein wenig dazu beigetragen, dass die

Schwarzmondbrüder das Gewicht ihrer Verantwortung spüren und Essen für immer verlassen mussten.

Die beiden Frauen waren sehr zufrieden mit der Antwort gewesen. Die ältere von ihnen hatte in den Falten ihres Gewandes gekramt und einen prall gefüllten Leinenbeutel hervorgeholt. Ihre edle Samthaube verrutschte dabei ein wenig, und gab eine tiefe, gefährlich nah über dem rechten Auge verlaufende Narbe frei.

„Unsere Männer waren bei den Schwarzmondbrüdern, und wir sind dem Herrgott und Euch jeden Tag dankbar, dass sie es nie mehr wagen werden, ins Gebiet des Essener Stifts zurückzukehren. Ihre Bemühungen, uns zu braven Eheweibern zu machen, haben uns fast das Leben gekostet. Aber nun sind sie fort, und die Fürstäbtissin hat in ihrer großen Weisheit und Güte ihre Häuser nicht beschlagnahmt, sondern uns zugesprochen. Jetzt arbeiten junge hübsche Gesellen unter einem braven Meister in den Werkstätten, und wir leben prächtig von der Pacht. So nehmt dieses Geld und seid unseres ewigen Dankes gewiss."

Henrike von Havixbeck hatte der Jungfrau Maria sogleich zehn Kerzen hingestellt. Die grob geschnitzte Holzstatue hatte ein dankbarer Überlebender der Pest selbst angefertigt und gespendet. Mit ihrem schielenden Blick schaute die kleine Holzstatue ebenso verwirrt auf den Leinenbeutel wie die Oberin.

Darin befand sich eine so großzügige Spende, dass es für einen Ballen warmen Wollstoffs reichte, aus dem Kleidung für die Armen genäht werden sollte, und für zwei Tafeln für das Leselernprojekt, über das nach wie vor kontrovers diskutiert wurde. Es blieb auch noch genug übrig, um bei einer Wandergesellin, die gerade in der Stadt angekommen war, ein Wandbild für die Kapelle in Auftrag zu geben. Hanna Kirchenmalerin, so hieß die junge Frau, hatte der Oberin vorgeschlagen, ein bekanntes Motiv aus dem Leben Jesu mit einigen weniger bekannten Details darzustellen. Zwar sei der Messias zweifellos zu Fuß über den See Gethsemane gelaufen, doch hätten die beiden Frauen in seinem Leben, seine Mutter Maria und seine Gefährtin Maria von Magdala, es nie geduldet, dass er sich bei einem seiner Wunder unnötig in Gefahr begäbe.

Nach zehn Tagen konzentrierter Arbeit hinter verschlossener Tür stellte die Malerin den Beginen ein wahrhaft einzigartiges Wandbild vor: Über gekräuselte Wellen lief ein gut gelaunter Jesus, in einem Ruderboot neben ihm sah man zwei Frauengestalten, die ihn aufmerksam und mit einem gewissen Besitzerstolz betrachteten. Eine davon, wahrscheinlich die Mutter, hielt eine Leine in der Hand, deren anderes Ende um die Taille des langhaarigen jungen Mannes geschlungen war. Die andere reckte triumphierend den Daumen in die Luft. Am anderen Ufer stand mit nassem Gewand und geballten Fäusten ein missmutiger Petrus.

Das Bild war ungewöhnlich, aber es gefiel der Oberin. Nur auf die folgende Diskussion hätte sie gut verzichten können. Da nützte es gar nichts, den Schwestern etwas über künstlerische Freiheit zu erzählen. Die Reaktionen reichten von: „Wir hätten doch gefragt werden müssen!" bis zu der Forderung, das Bild zu übermalen und in einer Gemeinschaftsaktion selbst ein Wandbild zu entwerfen. Reimunde, die gute, regte einen Kompromiss an: Man könne doch mit einem feinen Pinsel die Leine übermalen und die Hände der beiden Frauen zum Gebet falten. Renitenta und Jolanthe fanden, die Meisterin solle ruhig noch weitere Bilder in Auftrag geben und lobten das Gemälde überschwänglich.

Maria Exacta versuchte natürlich, den vereinbarten Preis zu drücken, aber die Kirchenmalerin ließ nicht mit sich handeln. Sie verabschiedete sich mit einem fröhlichen: „Lasst mich wissen, wenn Ihr noch mehr Bilder wollt. Ich hätte da noch eine spannende Variante der ‚Speisung der 5000' oder einen sehr schönen Entwurf für eine ‚Vertreibung der Händlerinnen aus dem Tempel'. Dafür brauche ich aber eine größere Wand."

„Wenn wir noch einmal so eine großzügige Spende bekommen, dann möchte ich endlich eine richtig schöne Madonna an Stelle der schielenden Jungfrau hier haben!" Das war Klara mit ihren ausgeprägten ästhetischen Ansprüchen. „Nichts da, dann gibt es Stuhlkissen für die Bänke im Refektorium, aber richtig dicke!" Das war typisch für die Schwestern, das Geld war noch nicht in Sicht, da gab es bereits Streit um die Verwendung.

Henrike von Havixbeck seufzte, als sie sich an diese Diskussionen erinnerte. Zwar war wie üblich nach einiger Zeit wieder Frieden eingekehrt, und mit viel Geschick und Brombeerwein hatte sie auch den Erzbischof bei seinem letzten Besuch daran hindern können, die Kapelle zu betreten. Aber da war diese Müdigkeit, die sie jetzt immer öfter in solchen Konfliktsituationen verspürte. Neunzehn Jahre in Folge war sie nun Oberin der Gemeinschaft, jedes Jahr wurde sie ohne Gegenkandidatin wiedergewählt. In drei Wochen war es wieder so weit. Vielleicht sollte sie sich diesmal einfach nicht aufstellen lassen?

DIE NACHFOLGERIN

Cordula von Cappenberg hatte sich gut auf diesen Tag vorbereitet. Sie würde diesem Hühnerhaufen schon zeigen, was sie drauf hatte. Sie hatte sich Zugang zu

Archiven verschafft, die keiner kannte, mit Methoden, die keiner wissen musste. Ihre Wachsamkeit, mit der sie die Dinge im Blick behielt, aber auch eine gewisse Tendenz, die Entscheidungen einer Gemeinschaft auf sich zu laufen zu lassen, hatten ihr den Spitznamen Controletta eingebracht. Sie mochte diesen Namen, er war wie eine Garantie dafür, dass die Dinge sich stets in ihrem Sinne entwickeln würden. Und dieser Name stand auch dafür, dass sie, die uneheliche Tochter eines westfälischen Grafen und eines Kindermädchens, einen Plan im Leben hatte, im Gegensatz zu diesem Hühnerhaufen, in dem sie jetzt gelandet war. Ihr Vater, der für die Früchte seiner Eskapaden großzügig sorgte, hatte ihr versprochen, dass er sie zur Äbtissin in einem reichen münsterländischen Kloster machen würde. Allerdings fiel diese Pfründe dann doch einer ihrer Halbschwestern zu.

Zum Trost erhielt Controletta das Versprechen, dass sie die Mutter Oberin eines kleinen Beginenhofs werden solle. Er, der Graf von Cappenberg und Deppenrade, werde dafür sorgen, dass die langjährige Oberin zurückträte und seine Tochter Cordula von seinem Cousin, dem Erzbischof, alsbald dort eingesetzt werde.

Der Erzbischof ließ seinem Cousin ausrichten, dass das bei den Beginen nicht so einfach wäre. Sie hätten unglücklicherweise das verbriefte Recht, ihre Oberin frei aus ihrer Mitte zu wählen. Zwar gäbe es deutliche Anzeichen, dass die langjährige Oberin eines Konvents in Essen ihres Amtes ein wenig überdrüssig sei, doch selbst wenn sie jetzt ihren Stuhl räumen würde, müsse eine Bewerberin für dieses Amt zuerst einmal das Vertrauen und die Zustimmung der gesamten Beginengemeinschaft gewinnen.

„Glaubet mir, das sind gar starrköpfige Weiber mit eigenem Kopf, man möchte nicht mit ihnen in Streit

14

geraten", so schrieb er dem ahnungslosen Grafen. Alles was er tun könne, wäre, die Fürstäbtissin zu bitten, ein gutes Wort für die Aufnahme seiner Tochter Cordula in den Konvent einzulegen. Das Weitere müsse diese selbst bewerkstelligen.

So kam die ehrgeizige Controletta in den Beginenhof am Pferdemarkt. Sie begriff schnell, dass es dort weder Ruhm noch Gold zu gewinnen gab. Aber es gefiel ihr trotzdem. Der Gedanke, die Nachfolge der viel zu sanften Mutter Oberin anzutreten und endlich Struktur, Zielstrebigkeit und ein festes Regelwerk in das freundliche Chaos zu bringen, erschien ihr außerordentlich reizvoll. Das bevorstehende Jubiläum war eine wunderbare Gelegenheit, ihr umfassendes Wissen und ihre Führungsqualitäten ins rechte Licht zu rücken.

Und so saß sie gut vorbereitet und frohen Mutes auf ihren Platz im Konvent, während die anderen Beginen nach und nach schwatzend eintrafen. Mit einer vollen Viertelstunde Verspätung eröffnete die Oberin die Zusammenkunft.

„Welche hatte die Gästeliste und den Kuchenplan übernommen?" wollte sie wissen. „Graziella, warst Du das nicht?" „Nein", erwiderte diese angesäuert. „Mir habt Ihr die Betreuung der Aborte und das Nachfüllen des Streuhäcksels aufgebrummt. Aber das mach ich nicht!"

„Halt, so geht das nicht!" Controletta fand, dass der richtige Zeitpunkt gekommen war, um sich einzuschalten. „Bevor wir jetzt die Farbe der Servietten und die Verteilung der Spüldienste diskutieren, müssen wir etwas Grundsätzliches klären!"

Jetzt hatte sie die volle Aufmerksamkeit der Schwestern gewonnen.

„Na, dann sag schon, was los ist!" Die Beginen waren verunsichert.

„Wir gehen doch davon aus, dass unser Beginenhof durch eine Schenkung der Fürstäbtissin Beatrix von Holte, sie ruhe sanft in Gottes Herrlichkeit, gegründet wurde?"

„Ja sicher, darüber haben wir doch auch eine Urkunde mit Originalsiegel!"

„Und mit welchem Datum wurde das beurkundet?" fragte Controletta mit verdächtig sanfter Stimme.

„Controletta, Du warst doch dabei, als wir uns die alte Urkunde zusammen angesehen haben. Es war der 21. Juni 1296. Am Tag der Tag- und Nachtgleiche haben die Beginenschwestern feierlich dieses Haus zu ihrem Wohnsitz und damit zu einem Beginenhof gemacht. Das ist nun fast 250 Jahre her, und deshalb werden wir im gerade beginnenden Jahr 1546 ein großes Jubiläumsfest feiern. So, und jetzt lass uns endlich anfangen, die Aufgaben zu verteilen!"

Noch war Hendrike von Havixbeck die Meisterin des Beginenhofs und das ließ sie Controletta jetzt ausnahmsweise einmal spüren.

VERPENNT

Controletta wäre nicht Controletta gewesen, wenn sie jetzt locker gelassen hätte.

„Versucht Euch genau zu erinnern! Haben alle die gleiche Zahl gelesen?"

„Nein", meldete sich Jolanthe zu Wort. „jetzt, wo Du fragst, fällt es mir wieder ein. Ich habe statt der 6 in der Jahreszahl eine 5 gesehen, also 1295. Aber ich wurde total überstimmt. Die Zahlen waren wirklich schlecht zu erkennen."

„Stimmt, jetzt erinnere ich mich auch!", rief Renitenta. „Ich habe auch auf den 21. Juni 1295 getippt, aber Maria Exacta und andere haben so laut gebrüllt, dass ich im Sternzeichen des Maulwurfs geboren und genauso blind wäre. Da habe ich nichts mehr gesagt."

„Mir hat das keine Ruhe gelassen", nahm Controletta jetzt das Wort wieder an sich. „Ich habe mir Zugang verschafft zum Archiv des Stiftes und zwei erstaunliche Dokumente gefunden."

Selten war es so still gewesen bei einer Zusammenkunft der Beginenschwestern. Nur der Schluckauf, den die Begine Klara immer in aufregenden Momenten bekam, unterbrach die Stille. Renitenta saß mit hochgezogenen Augenbrauen auf der vordersten Stuhlkante und dachte angestrengt nach, wie die neue Beginenschwester es wohl geschafft hatte, in das wohlgehütete Archiv des Stiftes zu gelangen. Wenn es sich nicht um Zauberei handelte, dann war Bestechung die wahrscheinlichste Möglichkeit.

Zufrieden beendete Controletta ihre Kunstpause. „Zum einen führen die Stiftsdamen über ihre Sitzungen regelmäßig und ordentlich Protokoll, ganz im Gegensatz zu uns. Darin wird auch die Anwesenheit der einzelnen Damen festgehalten, schließlich haben sie Residenzpflicht. Am 7. April 1296 findet sich ein Eintrag, dass die Fürstäbtissin für drei Monate zu ihrer Familie nach Ostwestfalen gereist ist, um dort an mehreren Familienfeiern teilzunehmen. Sie wäre also zum Zeitpunkt der Konventgründung gar nicht in Essen gewesen. Zum anderen hat man im Stift schon vor 250 Jahren eine so exakte Buchführung gehabt, dass mir die Tränen des Neids den Blick verschleierten. Allerdings war der Schleier nicht so dicht, dass ich einen Eintrag aus dem Sommer 1295 nicht gesehen hätte. Vier Goldstücke wurden da aus der Kasse genommen, um ein Geschenk für den neuen Beginenhof zu kaufen. Wohlgemerkt, im Jahr 1295!"

„Vielleicht war es ein Sonderangebot, und sie haben es schon mal gekauft und ein Jahr liegen lassen bis zur Einweihung?" Maria-Influenzas Versuch, das Jubiläum zu retten, war rührend, aber nicht sehr überzeugend.

„Ich fürchte, wir müssen einen anderen Schluss daraus ziehen." Jetzt setzte Controletta zum Endspurt an. „Unser Jubiläum wäre im vergangenen Jahr gewesen. Wir haben es verpennt."

DAS GESCHENK

Die folgende Diskussion war eine der turbulentesten, die der Beginenhof in den 250 oder besser 251 Jahren seines Bestehens erlebt hatte. Ausgerechnet Reimunde, sonst immer um einen Kompromiss bemüht, forderte mit Nachdruck: „Was eine 5 oder eine 6 ist, bestimmt immer noch die Beginenversammlung!

Jolanthe traf den Nerv der Gemeinschaft mit dem Satz: „Wir müssen uns doch nicht an diese patriarchalen Traditionen halten, wir feiern dann eben unseren 251. Geburtstag."

Die meisten der Schwestern schlossen sich jedoch dem Vorschlag von Maria-Influenza an, das Thema auf das Jahr 1795 zu vertagen, dann aber rechtzeitig, vielleicht schon im Frühjahr 1793, eine Arbeitsgruppe zu gründen, die die Feier zum 500jährigen Bestehen des Beginenhofs am Pferdemarkt vorbereiten solle.

Mitten in das Gewirr der aufgeregten Beginenstimmen hinein stellte die Begine Klara die Frage, die ihr schon die ganze Zeit auf den Nägeln brannte: „Was mag das wohl für ein Geschenk gewesen sein?"

Das Stimmengewirr zerfiel in kleine Laute und Wortfetzen, dann kehrte endlich Ruhe ein. Vom Wortgefecht erschöpft, nutzten die Beginen die Pause zum Durchatmen. Kaum hatten sie sich ein wenig erholt, begann ein wildes Raten über die Art des Geschenkes, bis die Meisterin das Glöckchen schwang und verkündete: „Wir fragen jetzt erstmal Controletta, vielleicht hat sie dazu auch ein Dokument gefunden."

„Genauso ist es", bestätigte diese mit selbstgefälliger Würde. Dann begann sie mit einer ausführlichen Schilderung des Suchprozesses, und ließ es sich nicht nehmen, die Staubwolke ausführlich zu beschreiben, die aus den alten Papieren aufgestiegen war und sie während der ganzen Recherche eingehüllt hatte. Anschließend erläuterte sie auf das Genaueste, welche genialen Gedankengänge sie nach Stunden harter Arbeit auf die richtige Spur brachten. Endlich, als schon keine mehr damit rechnete, verkündete sie: „Es handelt sich um eine Madonna. Sie wurde aus Elfenbein geschnitzt, ist sehr kostbar und soll besondere Kräfte haben. Ich habe mich natürlich gefragt, warum sie nicht in unserer Kapelle steht. Weiß eine von Euch etwas über eine kleine Elfenbeinmadonna und wo sie hingekommen sein könnte?"

„Frag mal Reimunde, die räumt immer alles weg!"

„So alt bin ich nun auch wieder nicht!" brummte Reimunde. „Ich hab jedenfalls in den letzten 250 Jahren keine Madonna weggeräumt!"

„Die muss aber schon lange verschwunden sein", überlegte Maria Influenza. „Als ich Begine wurde, gab es hier die eine oder andere Primadonna, aber keine Elfenbeinmadonna."

„Bevor Ihr nun anfangt, zu suchen und dabei den Beginenhof auseinanderzunehmen, schlage ich vor, dass morgen eine oder zwei von Euch mit mir in die Residenz nach Borbeck gehen. Wir tragen der Fürstäbtissin unser Anliegen vor und gehen ganz legal ins Archiv." Die Meisterin warf einen missbilligenden Blick auf Controletta. „Dann nehmen wir uns die Protokolle aus der Zeit um 1295 vor und studieren auch die Gerichtsakten. Die Madonna könnte auch geraubt worden sein. So, und welche geht mit?"

Bis auf Reimunde, die nicht mehr gut laufen konnte, meldeten sich alle. Die Meisterin hatte keinen Bedarf an weiteren Diskussionen. Sie zeigte auf Controletta, Maria Exacta und Renitenta. „Nach dem Frühstück gehen wir los. Denkt an Eure Augengläser."

Erschöpft zog sich die Oberin in die Kapelle zurück. Sie sah die schielende Gottesmutter lange an.

„Jetzt ist für Dich auch eine Nachfolgerin in Sicht. Was meinst Du, sollten wir beide nicht allmählich in Rente gehen?"

EIN FALSCHER FRIEDRICH

Die Meisterin hatte sich nicht geirrt. Die Fürstäbtissin Sybille von Montfors-Rothenfels war immer versessen auf eine gute Geschichte, und so gewährte sie den Beginen Zugang zum Archiv. Ihre Bedingung war allerdings, dass sie stets auf dem Laufenden gehalten würde. Das sicherte die Oberin ihr zu, und sogleich rief die Fürstin nach der Hauptarchivarin, die ihnen bei der Suche behilflich sein sollte.

Controletta hatte nicht übertrieben, es war eine mühselige und staubige Angelegenheit, sich durch die Urkunden und Dokumentenrollen zu wühlen. Ohne die Hilfe der Hauptarchivarin hätten sie Tage oder Wochen im Archiv verbringen müssen. Sie fanden den Eintrag im Kassenbuch, der die vier Goldstücke aufführte, aber keinen Beleg, keine Expertise und keine Angaben zum Verkäufer, nicht einmal eine Quittung.

Es ging auf Mittag zu, da erschreckte Renitenta die anderen Frauen durch einen überraschten Schrei. „Ich glaube, ich hab was!" Glücklich schwenkte sie die Gerichtsprotokolle des Jahres 1295 so heftig, dass alle vom Staub einen Hustenanfall bekamen.

Hubertus Grotemuhl hieß der Gauner, der am 12. Dezember 1295 sein unrühmliches Ende durch den Strang fand. Er hatte mehrere Kaufleute ausgeraubt und auch den Beginenhof nicht verschont. Mit der Bitte um einen Becher Wasser hatte er die gutmütige Begine, die ihm das Tor geöffnet hatte, abgelenkt, war in die Kapelle geeilt und hatte die Madonna, die nicht sehr groß war, in seinem Gewand versteckt. Als die Begine mit dem Wasser zurückkam, war er längst fort.

Aber das war noch nicht alles. Bei der Gerichtsverhandlung war auch die Fürstäbtissin Beatrix von Holte anwesend, der ‚all farb aus dem antlitz wich', als sie den Angeklagten aus der Nähe sah. War das nicht der getreue Diener Friedrichs des Ersten, genannt Barbarossa, von dem sie die Statue gekauft hatte? Im Frühjahr hatte er um Einlass in die Burg gebeten und ihr die kostbare, schön geschnitzte Mutter-Gottes-Figur zum Kauf angeboten. Zu einem stolzen Preis, aber es war ja nicht für ihn, sondern für Kaiser Friedrich, der fünf Jahre zuvor gestorben war. In Wirklichkeit lebe der Kaiser noch, hatte der treue Diener ihr versichert. Sein Hab und Gut sei ihm genommen, deshalb müsse er verkaufen, was er noch habe, damit er seinen Thron wieder besteigen könne.

„Ha", rief Maria Exacta, „ein falscher Friedrich! Davon habe ich schon mal gehört. Friedrich I., also Kaiser

21

Rotbart, war sehr angesehen und beliebt, und viele wollten seinen Tod nicht wahrhaben. Und so gab es immer wieder Gerüchte, er sei gar nicht gestorben oder sogar, dass er wieder auferstanden wäre. Und eine ganze Menge Hochstapler gaben sich als der wiedergekehrte Barbarossa aus und verschafften sich so ein schönes Leben. Aber diesen Trick mit dem getreuen Diener kannte ich noch nicht."

Maria Exacta genoss die anerkennenden Blicke ihrer Begleiterinnen über alle Maßen. Nach Controlettas Auftritt in der Beginenversammlung tat ihr ein bisschen Bewunderung einfach nur gut.

„Heißt das, der großmäulige Hubertus hat sich gemerkt, wo die Statue hin sollte, und sie sich dort wiedergeholt, um sie noch einmal zu verkaufen?" fragte die Oberin ungläubig.

„Ja, und noch mal und noch mal. Allerdings hat er wohl zu sehr herumgeprahlt mit seinen Erfolgen und wurde schließlich festgenommen. Unter der Neunschwänzigen Katze hat er dann alles gestanden. So jedenfalls steht es hier geschrieben."

Maria Exacta überlegte einen Moment. „Warum sollte er sonst in einen Beginenhof einbrechen, da gibt es doch nichts, was man stehlen kann."

„Mal abgesehen von Deiner druckfrischen Lutherbibel", gab die Oberin zu bedenken.

Maria Exacta wurde blass. Wie hatte die Mutter Oberin das in Erfahrung gebracht? Aber die hatte gerade anderes im Sinn, als über die häretischen Abwege ihrer Schatzmeisterin zu diskutieren. „Da die gute Fürstin Beatrix einem Betrüger aufgesessen ist, stellt sich die Frage, ob die Madonna überhaupt aus Elfenbein war, oder aus einem anderen Knochen oder Horn, oder gar aus geschickt bearbeitetem Holz. Allerdings spricht die

Tatsache, dass der Dieb sich in Gefahr begeben hat, um sie sich wiederzuholen, für ihre Echtheit. Das werden wir wohl nie erfahren."

„Nein, manche Sachen kriegst selbst Du nicht raus!" Eine kleine Retourkutsche tat doch immer wieder gut. Die Oberin tat, als hätte sie nichts gehört. „Wir sollten uns auf den Heimweg machen. Aber vorher müssen wir der Äbtissin noch Bericht erstatten."

DIE KRIMINALISTIN

Die Fürstäbtissin zeigte großes Wohlgefallen an der kleinen Kriminalgeschichte. Sie war ihr eine willkommene Ablenkung von den ständigen Querelen mit den Stadtvätern, die die Regentschaft der Äbtissinnen über die Stadt Essen lieber heute als morgen abgeschafft hätten.

„Da ist also die geschätzte Amtsvorgängerin einem Hochstapler aufgesessen, hat tief in die Stiftskasse gegriffen und dem Betrüger wahrscheinlich auch noch den Hinweis gegeben, wo er sich die Madonna zurückholen kann. Ja, diese Trickbetrüger - von einem Enkeltrick habe ich schon gehört, aber von einem Kaisertrick noch nicht. Was wir noch herausfinden müssen, ist der Weg, den die Statue danach genommen hat, und vor allem der Ort, an dem sie jetzt ist. Ebenso bleibt die Frage, ob sie wirklich aus Elfenbein war und was es mit den besonderen Kräften auf sich hat. Was für eine wunderbare Geschichte!"

Die Meisterin seufzte. Das klang ein bisschen so, als ob die Fürstin die Sache in die Hand genommen hätte. Und tatsächlich fuhr Sybille von Montfors-Rothenfels fort: „Was für ein Glück, dass ich nächste Woche nach Köln fahre. Ich treffe dort den Erzbischof und ein paar andere Kleriker. Vielleicht hat einer von ihnen in irgendeiner Kirche oder Kapelle eine Elfenbeinmadonna gesehen. Allzu viele dürfte es davon nicht geben. Außerdem werde ich darum bitten, im erzbischöflichen Archiv nachzuforschen. Soweit ich weiß, war zu Zeiten von Beatrix von Holte ein Teil der Gerichtsbarkeit in den Händen des Erzbischofs zu Köln. Ach, wie aufregend, das könnte die Story für mein neues Buch sein! Ich lasse Euch holen, wenn ich mehr weiß. "

„Jetzt haben wir noch ein neues Projekt, halleluja! Als ob wir mit den normalen Alltagspflichten nicht genug zu tun hätten!", schimpfte Maria Exacta auf dem Heimweg vor sich hin.

„War vielleicht doch keine so gute Idee, die Fürstäbtissin mit einzubeziehen", unkte Controletta.

„Mit Bestechung und illegalen Aktionen zu mauscheln, halte ich erst recht für keine gute Idee!", gab die Meisterin zurück. „Aber hab noch etwas Geduld, bald wird gewählt, dann kannst Du zeigen, dass Du es besser machst."

Auf diese Diskussion hatte Renitenta jetzt gar keine Lust. „Wenn wir die Elfenbeinmadonna finden, wem gehört sie dann eigentlich?", versuchte sie abzulenken.

„Ich dachte uns?", wunderte sich Controletta.

„Das wird schwierig. Wir sind bestimmt nicht die einzigen, denen die Madonna gestohlen wurde und wahrscheinlich auch nicht die ersten. Ich schätze, die Statue, wenn sie denn wieder auftaucht, wird in der erzbischöflichen Schatzkammer landen." Maria Exacta ließ keine Gelegenheit aus, die Raffgier der katholischen Kirche zu geißeln. Da musste man diesem Luther doch einfach Recht geben!

„Meinetwegen kann der Erzbischof sie behalten. Mir ist Holz sowieso lieber als Knochen. Und ich mag unsere schielende Jungfrau!" Mit diesen Worten durchschritt Henrike von Havixbeck das Tor des Beginenhofes und schloss es hinter sich - ein klitzekleines bisschen zu laut.

LOSLASSEN

Eine Beginenversammlung ist ein kreativer Prozess, bei dem aus einem vermeintlichen Chaos zu einem nicht vorhersehbaren Zeitpunkt eine Lösung entsteht, mit der alle leben können, und sei es nur aufgrund völliger Erschöpfung. Jede Begine kann zu Beginn eine unbegrenzte Zahl von Themen aller Art und Bedeutsamkeit anmelden. Bei den Pferdemarktbeginen konnten das auch schon mal fünfzehn Punkte sein. Es fanden sich existenzielle Fragen darunter, aber auch Fragen wie: „Welche hat wieder den Drinnen-Besen für draußen genommen?" oder Hinweise auf einen durchreisenden Wunderheiler mit dem Vorschlag, dass sich alle schnarchenden Beginen zur Behandlung anmelden sollten.

An diesem Abend standen stolze neunundzwanzig Punkte zur Besprechung an.

Graziella begann mit der Anfrage, ob jemand ihre zweite Stulpe gesehen habe. Sie hatte sich wunderschöne bunte Pulswärmer gestrickt, die sie immer unter den grauen Ärmeln ihres Beginengewandes verborgen hielt.

„Klara, was ist das für ein schöner Becherwärmer, den Du da über Deinen Teebecher gezogen hast?", fragte Jolanthe die Begine, die ihr direkt gegenüber saß. Mit hochrotem Kopf zog Klara die Stulpe vom Becher und schob sie zu ihrer Besitzerin Graziella zurück.

Elisabeth erinnerte daran, dass es an der Zeit sei, die Gemüsebeete zu düngen. „Dazu brauchen wir mindestens drei Schwestern, die am Freitag nach dem Markt Pferdeäpfel aufsammeln.

25

„Viele Hände – schnell zu Ende! Also, wer ist dabei?"
Es war immer wieder erstaunlich, wie interessant ein
alter Steinfußboden plötzlich werden konnte. Endlich
blickten Renitenta und Graziella auf und meldeten sich.

Als nächste ergriff die Meisterin das Wort in eigener
Sache. „Ihr wisst, dass in drei Wochen die Wahl der
Meisterin ansteht."

„Das ist doch kein Problem, wir wählen Dich alle
wieder. Sind alle da? Dann können wir das ja jetzt mal
eben erledigen." Jolanthe erhob sich, um die Häupter
ihrer Lieben zu zählen.

„Setz Dich mal wieder, Jolanthe. So einfach ist es
diesmal nicht. Es hat ja seinen Sinn, dass die Meisterin
jedes Jahr neu gewählt wird und es sich nicht um eine
Position auf Lebenszeit handelt. Jede von uns hat ihre
Stärken, und ein Wechsel mag zunächst anstrengend,
vielleicht sogar bedrohlich sein, aber er hält die Gemeinschaft lebendig. Und ich bin manchmal so müde, ich
glaube fest daran, dass es gut wäre, eine Schwester mit
frischen Kräften ans Werk zu lassen. Also ihr ahnt
schon, was ich sagen will: Ich stelle mich nicht mehr zur
Wahl. Ich habe lange darüber nachgedacht, und ich
habe viel zur Heiligen Jungfrau gebetet und um einen
Wink gebetet. Den habe ich bekommen, denn so wie
mit der Elfenbeinmadonna eine Alternative für unsere
schielende Jungfrau denkbar ist, so ist es wohl auch
denkbar, mich zu ersetzen."

Die Beginen waren für eine Minute wie erstarrt. Natürlich waren sie theoretisch auch dieser Meinung, aber
eben eher theoretisch. Danach schlug die hilflose Stille
in ein aufgeregtes Stimmengewirr um.

„Kannst Du nicht bis nächstes Jahr warten?" „Was
müssen wir tun, damit Du weitermachst?" „Du hast die
Heilige Jungfrau völlig falsch verstanden!" Solche und

ähnliche Ausrufe machten es Henrike von Havixbeck schwer, bei ihrer Entscheidung zu bleiben. Sie wusste aber auch, wie es weitergehen würde. Einige Tage würde sie jetzt die beste Meisterin aller Zeiten sein und etwas von der Anerkennung bekommen, die ihr die Schwestern so oft vorenthalten hatten. Dann würde die erste Begine durchblicken lassen, dass sie sich vielleicht doch vorstellen könnte, das schwere Amt zu übernehmen. Das würde voraussichtlich Controletta sein. Ein Gedanke, der der Meisterin nicht allzu gut gefiel. Hoffentlich konnte sie noch ein oder zwei andere Frauen überreden, sich ebenfalls zur Wahl zu stellen!

Während sie darüber nachdachte, wen sie sich in der Zukunft als Meisterin der kleinen Gemeinschaft vorstellen könnte, hörte sie Getuschel im Hintergrund und zwei Beginen lösten sich von ihren Plätzen und kamen auf sie zu. Sie erschrak, als Renitenta und Jolanthe plötzlich ganz nah vor ihr standen.

„Danke für Deine Ausdauer!", sagte Renitenta und umarmte die verblüffte Meisterin. Und dann stand auch schon Jolanthe vor ihr, bedankte sich für ihre Geduld, und drückte sie so, dass ein leises Knacken zu hören war. Inzwischen waren ohne jede Absprache alle anderen Frauen aufgestanden und bedankten sich für das, was sie an ihrer Meisterin am meisten schätzten, aber vielleicht unter all den gemeinsamen Aufgaben und Verpflichtungen nie gewürdigt hatten. Als letzte in der Schlange stand Controletta da und bedankte sich für ihr Vertrauen.

„Bist Du sicher, dass es das ist, wofür Du Dich bedanken willst?", fragte Henrike kühl. Sie bekam keine Antwort.

Die sechsundzwanzig anderen Punkte der Tagesordnung wurden auf das nächste Treffen verschoben. Anschließend kramte Henrike von Havixbeck in den geräumigen Taschen ihres Beginenkittels und zog den Schlüssel zum Vorratskeller heraus.

„Holt die vier letzten Flaschen von dem Brombeerwein aus dem vorletzten Jahr, es war der beste, den wir je hatten. Eigentlich wollte ich ihn aufbewahren für den Fall, dass uns der Erzbischof einen seiner wohlmeinenden Kontrollbesuche abstattet, aber warum sollen wir nicht einmal selbst von dem guten Zeug trinken. Es ist ein würdiger Anlass."

Auf jeden Fall war es gut, dass der Erzbischof von dem was folgte, nichts ahnte. Berauscht und beflügelt von dem ungewohnten Getränk spielten die Beginen manches lustige Spiel und sangen das Lied vom Pfaffen, der sich an die Bäuerin heranmacht und mit nacktem Hintern aus dem Fenster fliehen muss, weil der Bauer früher vom Acker nach Hause kommt. Renitenta und Jolanthe erzählten, wie sie auf dem Jahrmarkt den sechsten Zeh der Heiligen Martha erstanden hatten. Zum Schluss spielte Renitenta mit frohem Gemecker die Ziege Genoveva, die den Kräutergarten auffrisst.

„Du hast manch ungeahntes Talent, Renitenta, willst Du Dich nicht als Meisterin zur Wahl stellen?", fragte Jolanthe ihre Freundin. Unter den aufmerksamen Blicken der Beginengemeinschaft schüttelte die Angesprochene heftig den Kopf.

„Ich habe ganz andere Pläne. Ich muss hier mal raus. Ich werde Wanderbegine."

DAS LEBEN GEHT WEITER

In den nächsten Tagen lag ein Schatten über dem kleinen Beginenhof am Pferdemarkt. Die Sonne gab ihr bestes, aber die Beginen fröstelten. Äußerlich funktionierte alles wie immer. Die Hühner wurden gefüttert und die Eier eingesammelt, Renitenta brachte den Pferdedung auf die abgeernteten Gemüsebeete auf. Mittags gab es Gerstengrütze in der Variante „bestialisch versalzen", Kranke wurden versorgt und warme Kleidung für den Winter genäht.

Renitenta von Holsterhausen stand neben sich und begriff nicht, wie sie dahin gekommen war. Den Gedanken, den Beginenhof für einige Zeit zu verlassen und als Wanderbegine in die Ungewissheiten der Welt außerhalb der Gemeinschaft einzutauchen, trug sie schon lange mit sich herum. Sie hatte es den anderen erst sagen wollen, wenn sie in ihrer Entscheidung ganz sicher war. Der Brombeerwein hatte den Prozess abgekürzt.

„Wer weiß, ob ich mich sonst jemals getraut hätte, meine Gedanken auszusprechen", tröstete Renitenta sich selbst. Aber was bedeutete das nun? Gab es jetzt noch ein Zurück, wenn sie es sich doch noch einmal anders überlegen sollte? Es war doch gut, im Beginenhof zu leben, die Beziehungen zu den anderen Frauen waren nicht immer einfach, aber sturmerprobt. Wenn sie eine neue Herausforderung suchte, musste sie nicht gehen, hier gab es genug davon. Sie müsste sich nur als Meisterin zu Wahl stellen.

Jolanthe war beleidigt. „Warum hast Du nicht mit mir gesprochen? Ich wäre vielleicht sogar mitgekommen."

„Das will ich gar nicht. Ich weiß nicht, was es ist, aber vielleicht will ich einfach nur mal allein sein, so wie an dem Tag, als ihr alle im Kerker wart. Ich musste alleine klar kommen, und das habe ich auch geschafft."

„Vergisst Du nicht eine Kleinigkeit?" hakte Jolanthe nach. „Soweit ich mich erinnere, gab es da einen jungen Mann, der im Dienst der Fürstäbtissin stand und Dir sehr ritterlich beigestanden hat. Ich wüsste gerne, welche Rolle er bei Deinem Plan spielt."

Renitentas Kopf nahm die Farbe einer reifen Tomate an, aber mit Hilfe der neuen Atemtechnik, die ihr auch bei den Beginenversammlungen immer half, blieb sie ruhig. Dass der junge Mann Isabella hieß und ein gefährliches Leben in Männerkleidern führte, hatte sie nicht einmal Jolanthe anvertraut. Und ob in ihrer Sehnsucht nach einem freien Leben außerhalb des Beginenkonvents nicht auch ein bisschen die Hoffnung mitschwang, dass es draußen in der Welt irgendwie ein Wiedersehen mit der mutigen jungen Frau geben könnte, wusste sie selber nicht genau. Schnell lenkte sie ab. „Ich habe gar keinen Plan. Vielleicht geht es ja auch darum, erst einmal zu gehen, um wirklich bleiben zu können."

„Das kannst Du auch mit mir", brummelte Jolanthe erneut gegen die ungewohnten Töne an, die auf einmal aus Renitentas Mund kamen. „Aber glaub bloß nicht, dass Du unersetzlich bist!", setzte sie dazu.

Im Beginenhof sah man jetzt oft zwei oder drei Frauen, die die Köpfe zusammensteckten und aufgeregt tuschelten. Obwohl alle Beginen immer wieder beteuerten, nicht in ihren allerschlimmsten Träumen daran zu denken, sich als Oberin zur Wahl zu stellen, gab es doch inzwischen ein paar Namen, die in den Tuscheleien genannt wurden. Natürlich war Controletta dabei, die ihr Interesse auch nicht leugnete. Aber auch Maria Exacta wurde genannt und zu ihrer eigenen Überraschung Jolanthe.

Bei all den Aufregungen geriet die Elfenbeinmadonna in Vergessenheit, bis eines frühen Nachmittags ein großes Rumpeln vor dem Tor des Beginenhofs zu hören war. Einige Beginenschwestern erschraken. Sie konnten sich noch zu gut an den Tag erinnern, als der Stadt-hauptmann mit seinem Büttel alle Beginen in den Kerker abführte. Alle außer Renitenta.

Aber heute war es eine Kutsche, die da rumpelte, mit einem höflichen Kutscher, der den Auftrag hatte, die Meisterin ins Schloss Borbeck zu bringen, wo die Fürstäbtissin sich von den Gerüchen und Geräuschen der Stadt erholte.

„Renitenta, kommst Du?" Henrike von Havixbeck wollte diesen Termin nicht allein wahrnehmen. Wenige Minuten später saßen beide in der Kutsche und genossen die Fahrt durch die Stadt.

DIE HEILIGE KAKUKABILLA

Sie trafen die Fürstin bei bester Laune an. Nicht genug, dass sie zum ersten Mal eine Kutsche schickte, während sie sonst erwartete, dass die Beginen in einem zügigem Fußmarsch ihrem Ruf folgten, nein, heute stand auch noch ein großer Teller feines Gebäck auf dem Tischchen.

„Aua, da steht doch mein Fuß!", jammerte Renitenta und zog die Hand zurück, die das erste Gebäckstück fast erreicht hatte. „Warum trittst Du mich?" Henrike von Havixbeck verdrehte die Augen und wies mit einer leichten Kopfbewegung auf einen Gegenstand, den Renitenta noch nie gesehen hatte.

„Das ist ein Geschenk von einer lieben Cousine aus Frankreich. Eine Kuchengabel. Erspart klebrige Hände und ist gar nicht so schwierig zu benutzen, wie es aussieht. Übrigens, noch zu der Zeit, als unsere Elfenbeinmadonna geraubt wurde, hätte sie nicht auf dem Tisch liegen dürfen, denn die Forke gilt ja als Symbol des Teufels. An den glaube ich allerdings schon lange nicht mehr. Letztlich lässt sich alles Böse doch auf Menschen zurückführen. Aber wir sind ja nicht zum Philosophieren hier. Ich habe interessante Informationen aus Köln mitgebracht."

Renitenta nickte. Sie hatte mit bloßen Händen bereits zwei der köstlichen Gebäckstücke bewältigt, während die Mutter Oberin mit der Kuchengabel noch mit dem ersten kämpfte und dabei heftig krümelte. Sybille von Montfors-Rothenfels fuhr fort.

„Erzbischof Hermann von Wied hat im Moment andere Sorgen, der Kaiser will ihn aus dem Amt jagen. Trotzdem hat er jemanden abgestellt, der für uns nach Spuren der verschwundenen Elfenbeinmadonna geforscht hat. Tatsächlich fanden sich im Archiv des Bistums Einträge, die mit unserer Madonna zu tun haben."

Renitenta, die inzwischen beim dritten Gebäckstück angekommen war, stellte fest, dass das Wort ‚unsere' sie irgendwie störte.

„Wie ich mir natürlich schon dachte, war die Statue nicht im rechtmäßigen Besitz von Hubertus Grotemuhl. Sie ist einige Jahre zuvor aus einer Klosterkirche in Württemberg gestohlen worden; wie sie ins Rheinland kam, ist unbekannt. Dort in der Klosterkirche haben sich die wohltätigen Kräfte der Hl. Kakukabilla, deren Antlitz viele Jahre von einem Altarbild auf sie blickte, auf die kleine Madonna übertragen. Kakukabilla, von der man nicht weiß, ob sie Mann oder Frau war, ist die Schutzheilige gegen Ratten- und Mäuseplagen, sie vertreibt in weitem Umkreis jedes Nagetier. Und unsere Madonna kann das auch!"

Die Mutter Oberin, inzwischen auch beim zweiten Stück Käsekuchen angekommen, rief vor lauter Begeisterung mit vollem Mund: „Das ist ja genial! Das könnten wir gut brauchen."

„Ja, genau", bestätigte die Fürstäbtissin und sicherte sich schnell das letzte Kuchenstück.

„Das wäre wirklich genial, wenn die Elfenbeinmadonna wieder in Essen wäre und all die kleinen Schmarotzer vertreiben würde. Die Bauern, Kaufleute und alle anderen wären so dankbar, dass niemand mehr auf die Idee käme, die Autorität und Regentschaft des Stiftes in dieser Stadt in Zweifel zu ziehen. Das ist genau das, was wir jetzt brauchen. Die Elfenbeinmadonna muss gefunden und nach Essen zurückgebracht werden. Und Ihr müsst mir dabei helfen. Schließlich hat eine Eurer Beginen nicht aufgepasst und den Diebstahl ermöglicht."

„Aber das war vor 251 Jahren!", wagte Henrike von Havixbeck dagegenzuhalten.

„Na und? Die Kreuzigung unseres Herrn war vor über eintausendfünfhundert Jahren. Manche Ereignisse wirken eben lange nach."

Die Kutsche brachte die beiden Beginen wieder nach Hause. Es kam ihnen so vor, als sei das Pflaster rauer oder die Kutsche unbequemer geworden. Das kindliche Vergnügen der Hinfahrt wollte sich so recht nicht einstellen. Außerdem war es Renitenta speiübel, der ungewohnte Käsekuchen schien in ihrem Magen zu quellen und wieder ans Tageslicht zu drängen.

„Was machen wir denn jetzt?"

Die Meisterin sah sie mitleidig an. „Jetzt sorgen wir erstmal für Ruhe in Deinem Magen. Zum Glück hat Maria Influenza eine wunderbare Kräutermischung für solche Fälle zusammengestellt. Und für das andere Problem fällt uns bestimmt noch was ein. Sprich doch mal mit der Heiligen Jungfrau, sie hat doch immer einen weisen Rat für Dich."

WAHLVORBEREITUNGEN

Renitenta schwor der Hl. Jungfrau, nie wieder Käsekuchen zu essen, jedenfalls nicht so viel, und wenn, dann nur vegan und mit der Kuchengabel. Im Gegenzug könne die gütige, allzeit hilfreiche Mutter Gottes doch vielleicht einen kleinen Hinweis auf den Ort geben, an dem sie die Elfenbeinmadonna finden könnten?

Anscheinend war das Angebot nicht sehr überzeugend – die Wahrscheinlichkeit, dass Renitenta bald wieder Käsekuchen angeboten würde, war gering – die Jungfrau Maria ließ sich Zeit und für Renitenta gab es andere Dinge, die ihrer Aufmerksamkeit bedurften.

Sorgfältig hatte die Beginengemeinschaft entschieden, wann und wie die Wahl der neuen Meisterin stattfinden sollte. Bereits zweimal war der Termin wegen einer ungünstigen Mars-Venus-Konjunktion verschoben worden, nun sollte am Tag der Frühlingstagundnachtgleiche die neue Meisterin gewählt werden.

Maria Influenza hatte noch bis zuletzt darauf bestanden, dass die Meisterin nicht gewählt, sondern durch das Los bestimmt werden sollte, damit es auch die Schwestern treffen könnte, die sich immer davor drückten, Verantwortung für die Gemeinschaft zu übernehmen. Dem widersprach Jolanthe heftig, sie bestand darauf, dass alles freiwillig sein müsste, das wäre im Übrigen auch das Grundprinzip, dem sie als Mutter Oberin folgen würde.

Controletta hingegen ließ die Beginen wissen, dass es im Falle eines Wahlsieges ihre erste Amtshandlung sein werde, ein festes Regelwerk für die Übernahme und Ausführung von Gemeinschaftsaufgaben zu erarbeiten. Mit ihr als Mutter Oberin würde das Rosinenpicken einiger Schwestern, die sich nur für die angenehmen Seiten des Beginenlebens interessierten, ein Ende haben.

Roswitha hätte kurz vor der Wahl fast die Gemeinschaft verlassen. Ihr Vorschlag, eine Fürbitte an den Erzengel Gabriel zu richten, damit er den Geist der Schwestern mit Klarheit ausstatte und sie zu einer guten Entscheidung führe, löste wütenden Protest aus.

„Wenn Du so einen Macho-Engel brauchst, um eine Entscheidung zu treffen, tust Du mir leid", hatte Ambivalenzia losgebollert, die sonst mit frauenfeindlichen Bemerkungen gar nicht zimperlich war. „Ich fordere alle auf, die daran glauben, dass auch Frauen imstande sind, kluge Entscheidungen zu treffen, mit mir in die Kapelle zur schielenden Jungfrau zu kommen und dort um Beistand zu beten."

Tatsächlich erhoben sich fast alle Beginen, um hinter Ambivalenzia her in die Kapelle zu traben. Roswitha hingegen lief weinend in den Garten und versteckte sich hinter dem Komposthaufen.

Henrike von Havixbeck folgte ihr und tröstete die Schluchzende. „Ich glaube, alle sind ein bisschen überfordert mit dieser ersten Wahl seit 19 Jahren, und dann noch zwischen zwei Kandidatinnen, wie sie unterschiedlicher nicht sein könnten. Und Du hast es nun abbekommen."

„Immer ich! Ich will keine Begine mehr sein! Ich mache ja doch alles falsch!" Roswitha wischte sich die Tränen am Ärmel ab und führte ihn unauffällig auch an der Nase vorbei.

„Ich finde Gabriel gar nicht so schlecht für diesen Anlass." Die Oberin zog ein Sacktuch aus dem Ärmel und gab es Roswitha.

„Echt jetzt?" Das Liebenswerte an Roswitha war, dass sie ebenso schnell, wie sie weinte, auch wieder lachte.

„Echt jetzt. Und nun komm, ich höre die anderen aus der Kapelle kommen. Jetzt wird gewählt!"

ROTE UND WEISSE BOHNEN

Reimunde war schon dabei, die Wahlbohnen auszuteilen, als Henrike und Roswitha den Versammlungsraum betraten. Da Maria Exacta kurzfristig verkündet hatte, dass sie nicht zur Wahl antreten würde, bekam jede Begine zwei Bohnen, eine weiße für Controletta, und eine rotgesprenkelte Feuerbohne für Jolanthe.

„Wir haben ja genau besprochen, wie es geht", erklärte Reimunde, erläuterte aber sicherheitshalber das Wahlverfahren noch einmal. „Also Ihr nehmt jetzt die Bohne Eurer Wahl so in die rechte Hand, dass keine sehen kann, ob Ihr die rote Bohne für Jolanthe oder die weiße für Controletta in der Faust habt. Die andere Bohne lasst Ihr am besten irgendwo verschwinden. Dann geht Ihr mit etwas Abstand nacheinander an diesem Kochtopf vorbei und lasst die Bohne hineinfallen. Und dann wird gezählt!"

Langsam schob sich die Wahlschlange an dem alten Kochtopf vorbei, in dem kurz vorher noch Gerstengrütze geklebt hatte. Einige Beginen schauten bei der Bohnenabgabe brav in die Luft, die meisten allerdings warfen einen schnellen Blick in den Topf, um das Ergebnis zu schätzen. Als die letzte Bohne mit einem kleinen Klacken im Topf gelandet war, wurde sein Inhalt auf ein Tuch geschüttet. Der erste Blick deutete auf eine knappe Entscheidung.

Reimunde teilte die Bohnen in zwei Häufchen. Fünf rote Bohnen lagen auf der einen Seite, auf der anderen Seite waren es sechs weiße. Eine der Schwestern hatte beide Bohnen behalten. Die Wahlleiterin sah ihre Meisterin hilflos an.

„Und jetzt?"

„Jetzt musst Du fragen, ob sie die Wahl annimmt."

Controletta, die etwas erschrocken schien über ihren Sieg, zögerte einen Moment, dann nahm sie die Wahl an.

„Und jetzt gratuliere ich meiner Nachfolgerin zu ihrer Wahl", Henrike von Havixbeck stand auf, das Zittern in ihren Beinen war nicht zu übersehen. „Allerdings verstehe ich, dass Du die erste Gratulantin sein willst, und deshalb lasse ich Dir natürlich den Vortritt, Jolanthe!"

„Was?" Die Angesprochene begriff nicht sofort, was von ihr erwartet wurde. Dann sprang sie auf und streckte ihrer Konkurrentin auf Armeslänge die Hand hin. „Na denn, Glückwunsch!", stieß sie zwischen den Zähnen hervor, und schon war die Verliererin verschwunden.

Henrike von Havixbeck war die nächste Gratulantin. Ihre Umarmung war knapp, aber sie versuchte es wenigstens. „Ich weiß, dass Du es gut machen wirst", sagte sie zu der soeben gewählten neuen Meisterin. „Auf Deine Weise."

Renitenta, Maria Influenza, Klara und Reimunde schlossen sich mit einer sehr zurückhaltenden Gratulation an und verließen danach ebenfalls den Raum. Es gab keinen Zweifel, sie hatten keine weißen Bohnen in den Topf geworfen.

Zurück blieben Ambivalenzia, Maria Exacta, Graziella, Roswitha und Elisabeth. Graziella sah die alte Meisterin empört an. „So geht das nicht. Willst Du den anderen nicht mal Bescheid sagen, dass Ihr Verhalten total unfair und albern ist?"

„Du hast vollkommen Recht, Graziella. Warum gehst Du nicht hin und sagst ihnen das? Die Zeit, wo ich für alles verantwortlich war und mich um alles kümmern musste, ist vorbei."

Noch während sich Graziella überlegte, ob sie es tatsächlich wagen sollte, sich mit einer aufgebrachten Jolanthe anzulegen, wurde die Tür wieder geöffnet. Es sah aus, als würde Reimunde eine kleine Schafherde vor sich her treiben.

„Ich würde jetzt gerne mit Euch allen das alte Bohnenritual vollziehen. Lasst uns in den Garten gehen."

Im Garten hinter dem Beginenhof hatten die Schwestern schon am Vortag ein Beet vorbereitet. Sorgsam wurden die Bohnen, die für die neue Oberin in den Topf gelegt worden waren, Mutter Erde übergeben, Wind, Regen und Sonne wurden angerufen, damit die Samen aufgehen und zu kräftigen Pflanzen heranwachsen und der neuen Meisterin eine fruchtbare Amtszeit prophezeien würden.

„Jetzt lasst uns in die Kapelle gehen, der Jungfrau Maria danken und sie darum bitten, dass wir alle zusammen das Beste aus der Situation machen. Ich werde mein Bestes geben, und das verspreche ich vor allem denjenigen, die mich nicht gewählt haben."

„Na also", dachte Henrike erleichtert, „geht doch!" Als sie als letzte die Kapelle betrat, schien es ihr, als ob die schielende Madonna die Augen noch ein bisschen mehr verdrehte als sonst.

„Du warst das mit der Enthaltung, stimmt's?" Jolanthe kniete neben Henrike. Die antwortete nicht. Stattdessen tastete sie nach den beiden Bohnen in ihrer Tasche und fragte sich zum tausendsten Mal, ob sie die richtige Entscheidung getroffen hatte.

DER SONNE ENTGEGEN

In dieser Nacht erschien die Jungfrau Maria endlich in Renitentas Traum. „Geh der Sonne entgegen und suche die Stadt, die keines Mannes Fuß betreten hat." Hatte die sonst so hilfreiche Ratgeberin wirklich nicht mehr gesagt, oder hatte Renitenta das Wichtigste mit dem Erwachen vergessen? Aber auch wenn sie durch diesen Traum kaum klüger war als vorher, sie würde in den nächsten Tagen aufbrechen, um als Wanderbegine nach der Elfenbeinmadonna zu suchen. Wenn ihr auch etwas bange war bei dem Gedanken, allein unterwegs zu sein, freute sie sich doch sehr auf die Abenteuer, die vor ihr lagen.

Henrike und Jolanthe hatten ihr angeboten, gemeinsam den Traum zu entschlüsseln. Der Sonne entgegen zu gehen konnte nur bedeuten, dass der Weg nach Osten führte. Aber wo war die Stadt, die keines Mannes Fuß betreten hat? „So eine Stadt gibt es nicht!", behauptete Jolanthe.

„Holen wir Maria Exacta zur Hilfe. Sie weiß ja wirklich eine Menge, auch wenn sie uns damit oft auf die Nerven geht!" Renitenta stimmte dem Vorschlag Henrikes zu.

„Eine Stadt, die keines Mannes Fuß betreten hat, gibt es nicht. Das sehe ich auch so. Aber eine Stadt, die es nicht gibt, die gibt es. Und sie liegt im Osten." Maria Exacta wusste tatsächlich eine Lösung für das Rätsel.

„Ich muss nach Bielefeld?" Renitenta erschrak. „Wie soll ich denn dahin kommen? Ich werde bestimmt wer weiß wo landen, nur nicht in Bielefeld."

„Es ist weit, das stimmt. Aber es gibt eine Straße, die führt über manch fremde Stadt in den fernsten Osten. Dieser Hellweg führt direkt durch unsere Stadt, Du musst nur zum Steeler Tor hinausmarschieren und dann der Sonne entgegen gehen. Du findest sicher überall in den Städten Beginenhöfe und Schwestern, die Dich aufnehmen und Dir weiterhelfen."

„Wir sollten die Fürstäbtissin benachrichtigen, dass Du Dich auf den Weg machst, um die Elfenbeinmadonna zu finden. Vielleicht gibt sie Dir einen Geleitbrief mit, man weiß nie, wofür das gut ist."

Renitenta bekam von der Fürstäbtissin nicht nur einen Geleitbrief, in dem sie darum bat, ihrer „Gesandten" zu helfen, wenn es nötig war, sondern auch ein Beutelchen mit Münzen und die Ermahnung, alles aufzuschreiben, was ihr wichtig erschien, damit die Fürstin es in ihrem neuen Buch verwenden könne.

Am nächsten Morgen war Renitenta auf den Beinen, bevor der erste Hahn seinen Weckruf geschmettert hatte. Sie trug zwei Bündel, ein kleines mit ihren Sachen, und ein größeres mit den Glücksbringern und dem Proviant, den ihr die Schwestern mitgegeben hatten. Noch bevor sie das Stadttor erreichte, hatte sie den größten Teil davon an die Bettler verteilt, die zu jeder Tages- und Nachtzeit in den Straßenecken kauerten. Als sie das letzte Brot abgegeben hatte, überkam sie ein rauschhaftes Gefühl. Jetzt war sie frei!

Leichtfüßig durchschritt sie das Stadttor. Kaum hatte sie den Fuß auf den holprigen Weg gesetzt, der nach Osten führte, lösten sich zwei Schatten von der Stadtmauer. Mit wenigen schnellen Schritten waren sie neben ihr, einer links, einer rechts.

Renitenta fühlte ihr Herz bis in die Ohrläppchen klopfen. Sollte schon wenige Meter von zu Hause ein Überfall ihrer Reise, vielleicht sogar ihrem Leben ein Ende setzen?

ZU DRITT IST MAN WENIGER ALLEIN

Die beiden Gestalten wichen nicht von ihrer Seite. Renitenta beschleunigte ihre Schritte, ihre beiden Verfolger wurden ebenfalls schneller. Sie legte noch einmal an Geschwindigkeit zu.

„Mensch, Renitenta, renn doch nicht so!" Die Stimme, die das rief, klang ganz und gar nicht gefährlich, sondern sehr vertraut. Renitenta wandte sich nach rechts und erkannte das angestrengte Gesicht von Jolanthe. Ungläubig schaute sie hinüber zur linken Seite. Henrike schaute sie schuldbewusst an.

„Ich weiß, dass Du Dir das anders vorgestellt hast!", räumte Henrike ein, „aber erstens wären wir vor lauter Sorge um Dich bestimmt gestorben, wenn Du wirklich allein losgezogen wärst …

„und zweitens ist die Stimmung im Beginenhof so angespannt und so ungemütlich, dass wir gedacht haben …"

…"und da sind wir einfach heute Morgen schon mal los"…

… und zu dritt sind unsere Chancen, die Elfenbeinmadonna zu finden, bestimmt viel größer!"

Renitenta wusste nicht, ob sie weinen oder lachen sollte. Nach all den Jahren im Beginenhof war sie daran gewöhnt, dass die Dinge fast nie so verliefen, wie sie beschlossen worden waren. Jolanthe pflegte immer zu sagen, das stärke die Flexibilität bis ins hohe Alter.

Aber hätte nicht wenigstens dieses eine Mal ihr Wunsch respektiert werden können? Mit Jolanthe allein hätte sie sich jetzt so richtig gestritten, aber Henrike war so lange für sie die Meisterin gewesen, sie hätte sie nicht wegschicken können. Das heißt, sie hätte es ja sowieso nur versuchen können, denn gegangen wäre keine von den beiden.

Ganz tief im Innern spürte Renitenta, wie sich etwas löste. Erleichterung breitete sich aus. Dann würden sie eben zu dritt reisen und die Elfenbeinmadonna nach Essen zurückbringen. Danach würde sie weitersehen, und wenn sie dann immer noch allein losziehen wollte, würde sie es auch tun.

Und so schritten die drei Beginen einträchtig aus, vorbei an stattlichen Bauernhöfen und ärmlichen Hütten, dichten Wäldern und Heideflächen.

Sie lernten Bauernhunden und finsteren Gestalten auszuweichen und genossen die würzige Luft, die so ganz anders war als die Stadtluft, die immer ein bisschen nach Abfällen und Fäkalien roch.

Manchmal dachte eine von ihnen laut vor sich hin: „Was jetzt wohl die Schwestern zu Hause machen? Ob sie sich vertragen? Und ob sie die Arbeit schaffen ohne uns?" Dann riefen die beiden anderen sofort: „Loslassen! Loslassen!"

Am frühen Abend erreichten sie die Stadtmauer einer kleinen Stadt. Müde, staubig und hungrig riefen sie die Jungfrau Maria an, und beteten, dass es dort einen Beginenhof geben möge. Sie fragten einen grimmig aussehenden Torwächter, wie die Stadt heiße, und ob es dort ein Beginenhaus gäbe? Der Wächter schaute sie erstaunt an, und sagte: „Ihr seid in Wattenscheid, und das Beginenhaus findet Ihr ganz leicht. Haltet Euch rechts und Ihr kommt zum Marktplatz, dann nehmt von den abgehenden Gassen die schmalste, sie wird Euch geradewegs zu Euren Schwestern führen."

Erfreut legten sie den kurzen Weg zurück und sahen schon bald ein Anwesen, das von einer Mauer geschützt war. Fromme Gesänge erinnerten die drei Wanderbeginen daran, dass es Zeit für die Abendandacht war. Sie riefen zwei Schwestern an, die zur Kapelle eilten, und wurden sogleich eingeladen, sich ihnen anzuschließen.

„Eine Abendmahlzeit gibt es bei uns nicht", teilte eine recht betagte Begine mit Glatze ihnen mit, „aber wenn Ihr so hungrig seid, wie Ihr ausseht, wird Euch Schwester Anorexia noch einen Teller Suppe und ein Stück Brot reichen."

Nach dem Essen spendierten die Wattenscheider Beginen etwas von ihrem selbstgebrauten Bier und wollten alles über das Leben der Essener Beginen wissen.

„Wie trefft Ihr Entscheidungen? Und halten sich dann alle daran? Gibt es bei Euch auch solche Rosinenpickerinnen, die nur die angenehmen Seiten des Beginenlebens mitmachen? Und wie verteilt Ihr die Arbeit?"

Die Fragen wollten nicht abreißen. Erst als die drei frischgebackenen Wanderbeginen nur noch gähnen und mit geschlossenen Augen äußerst knappe Antworten geben konnten, hatte die Wattenscheider Meisterin ein Einsehen und wies ihnen ein Notlager im Gartenhäuschen zu. Bevor ein tiefer Schlaf sie gnädig umhüllte, fiel ihnen ein ständiges Rascheln, Huschen und Knuspern auf. „Ich glaube, in diesem Lager gibt es mehr Mäuse als Strohhalme!", nuschelte Jolanthe. „Eine mäusevertreibende Wundermadonna haben die hier ganz sicher nicht".

Am nächsten Morgen wurden sie in aller Herrgottsfrühe geweckt. „Kommt, Ihr wollt doch sicher die Morgenandacht nicht verpassen!" Renitenta war sich da nicht so sicher, und auch Jolanthe und Henrike sprangen nicht gerade vor Begeisterung auf. Schließlich schleppten sie sich mit müden und schmerzenden Beinen in die Kapelle, in der eine grobe Madonna aus Holz sie mindestens genauso anschielte, wie ihre Muttergottes zu Hause.

Beim Abschlussgebet erlebten die drei abenteuersuchenden Wanderbeginen eine Überraschung. „Wir danken Dir, oh heilige Mutter Maria, dass Du uns so schnell die Hilfe geschickt hast, um die wir Dich erst gestern gebeten hatten, und ohne die wir mit der geplanten Renovierung des Beginenhofes noch im nächsten Jahr nicht fertig wären. Aber Du, barmherzige Mutter, hast uns gehört und gleich drei kräftige Helferinnen geschickt. Wir danken Dir, dass Du ihre Schritte zu uns gelenkt hast. Amen."

„Oh nee, so hatte ich mir das Wanderbeginenleben nicht vorgestellt", entfuhr es Renitenta. Aber niemand störte sich daran. Nach einer knapp gefüllten Schale mit Weizengrütze teilte die Wattenscheider Meisterin sie zur Leerung der Sickergrube und zum Schrubben des Fußbodens ein. Gegen Mittag raunte Jolanthe ihren Weggefährtinnen zu: „Lasst uns abhauen, wir haben schließlich ein Ziel und sind nicht aufgebrochen, um woanders zu putzen."

„Nein, wir sind aufgebrochen, um zu lernen, zum Beispiel das klaglose Ertragen von Widerwärtigkeiten, und uns zu lösen von den unnützen Vorstellungen, wie etwas gehen sollte. Und dazu ist ein Beginenhof doch ein guter Ort!"

„Klagloses Ertragen von Widerwärtigkeiten, soweit kommt es noch", brummelte Jolanthe, aber sie blieb und packte mit an. Drei Tage später war der Beginenhof in Wattenscheid kaum wiederzuerkennen, und die Schwestern verabschiedeten ihre Gäste dankbar und mit der Bitte, auf dem Rückweg unbedingt wieder vorbeizuschauen. „Kann sein, dass wir dann gerade den Garten umgestalten! Und wenn Ihr herausgefunden habt, wo es die mäusemordende Madonna gibt, dann bringt uns eine mit!"

44

VON MENSCHEN UND MÄUSEN

Die Nachforschungen der Fürstäbtissin im erzbischöflichen Archiv blieben nicht ohne Folgen. Der Hilfsarchivar, den der Erzbischof mit der Recherche beauftragt hatte, prahlte mit seinem Wissen, wo er nur konnte. Die Nachricht von einer Elfenbeinmadonna, die nicht nur aus einem kostbaren Material gearbeitet war, sondern auch noch höchst nützliche Wundertaten vollbringen konnte, verbreitete sich im ganzen Rheinland. Schnell bildeten sich Gerüchte über die Wunder, die die verschollene Statue vollbracht haben sollte. In einem kleinen Städtchen in der Eifel hatte ein Müller mit eigenen Augen gesehen, wie sich alle Mäuse in seiner Mühle in Luft auflösten und sich sodann der Mäusekot in feinstes Getreide verwandelte. Ein tüchtiger Bäcker aus dem Nachbarort buk daraus ein „Madonnenbrot", das sich bestens verkaufte.

In Kalkar am Niederrhein war ein bereits Verstorbener wieder zum Leben erwacht, als man ihm die Madonna ans Totenbett stellte. Seine Frau schwor, er habe sich plötzlich hustend aufgerichtet und Mäuse ausgespuckt. Und in Hattingen an der Ruhr war es einem Bauchredner gelungen, eine Tanzmaus so abzurichten, dass sie im Kreis um die Madonna herum tanzte und dazu das Ave Maria sang.

Neben diesen drei Madonnen tauchten noch viele weitere auf, die dem Kölner Erzbischof oder der Fürstäbtissin in der Hoffnung auf eine fürstliche Belohnung überbracht wurden. Sie erwiesen sich allesamt als dilettantische und grobe Schnitzereien aus hellem Pappel- oder Ahornholz, das mehr oder weniger glatt poliert war.

Der Erzbischof von Köln hatte eigentlich ganz andere Sorgen. Einige Jahre zuvor hatte er noch für die Verurteilung Luthers und seiner Anhänger gestimmt. Inzwischen hatte Hermann von Wied seine Meinung geändert und das wichtigste Bistum des Reiches der Reformation geöffnet. Kaiser und Papst waren alarmiert und drohten mit Amtsenthebung.

Viele Jahre hatte der Erzbischof seinem Kaiser als Kurfürst die Treue gehalten und war dem Papst und der katholischen Lehre fest und unbeirrbar verbunden, auch wenn er sie nicht immer verstand. Er war von eher schlichtem Geiste, und vielleicht erreichten ihn die einfachen Wahrheiten des jüngst in die Ewigkeit eingegangenen Reformators Martin Luther deshalb so unumstößlich. Als er einmal für sich entschieden hatte, dass die katholische Kirche eine Reformation braucht, konnte er nicht mehr zurück. Die päpstliche Exkommunikation war nur noch eine Frage der Zeit. Und die Stimmung im Land drohte sich allmählich gegen ihn zu wenden.

In dieser prekären Lage hatte er Sybille von Montfors-Rothenfels und einige Gleichgesinnte zu einem vertraulichen Gespräch nach Köln eingeladen. Er brauchte dringend Unterstützer für seine Kölner Reformation. Aber die Essener Fürstäbtissin hatte anscheinend nichts anderes im Sinn, als nach einer seit 250 Jahren verschwundenen Madonna zu forschen. Sie versprach sich von deren Auffinden einen größeren Rückhalt im wundergläubigen Volke. Hermann dachte nach. Vielleicht war ein Wunder genau das, was auch ihn noch retten konnte!

Hermann von Wied war kein gewiefter Taktiker. Wäre er das, müsste er jetzt nicht so um seine Position fürchten. Aber wozu hatte er diesen klugen und loyalen Sekretär, der ihn schon in mancher Frage gut beraten und so manches Problem für ihn gelöst hatte. Wie er das bewerkstelligte, wollte der Erzbischof gar nicht so genau wissen.

DER MANN FÜR ALLE FÄLLE

Hermann von Wied mochte Kilian von der Königsheide und vertraute ihm. Er hatte ihm mehr als einmal geholfen, aus einer schwierigen Situation gestärkt hervorzugehen.

Sicher, es gab Stimmen an seinem Hof, die sich lustig machten über den schlanken, bartlosen Emporkömmling. Auch mutmaßten die eifersüchtigen Beamten des Bistums, Kilian wäre „vom anderen Ufer". Das störte den Erzbischof noch weniger als die unbekannte Herkunft. Brauchte nicht jeder Fluss, sogar der mächtige Rhein, der durch Köln floss, zwei Ufer? Außerdem erinnerte er sich gern an eine sehr innige Freundschaft mit einem jungen Pater in seiner Jugend. Auch seinen ansehnlichen Privatsekretär hätte er nicht von der Bettkante geschubst. Leider machte dieser nicht den kleinsten Versuch, sich dort niederzulassen.

Viel wichtiger war es schließlich, dass der junge Sekretär ihm alle Informationen und fast alle Dinge besorgen konnte, die er brauchte. Außerdem entwickelte er sich allmählich zu seinem wichtigsten Ratgeber.

Kilian bestärkte den Kurfürsten in der Ansicht, dass es gut wäre, die Elfenbeinmadonna zu finden und sie mit einer glanzvollen Prozession in den Dom einziehen zu lassen. Der lag nun schon seit mehr als zwanzig Jahren als ewige Baustelle brach. Die Kölner würden dies sicher als gutes Omen dafür nehmen, dass der Dom eines guten Tages doch noch fertiggestellt würde.

„Und von Euch würde das fromme Volk von Köln und im ganzen Bistum denken, dass Ihr hoch in der

Gunst unseres Herrn und der Heiligen Jungfrau stehen müsst, denn sonst hätten sie Euch nicht die Gnade gewährt, die Madonna zu finden. So lässt es sich vielleicht verschmerzen, dass Ihr die Gunst des Papstes und des Kaisers verloren habt."

Kilian hatte den Erzbischof gewarnt, die Reformation ohne diplomatische Vorbereitung einzuführen, aber dieser hatte seine Macht überschätzt. Kaiser Karl V. hatte auf einer Reise eigens Halt in Köln gemacht, um den Erzbischof von der Umsetzung der „Kölner Reformation" abzuhalten. Erzbischof Hermann blieb unbeirrbar. Jetzt schien er jedoch bereit zu sein, auf den Rat seines Sekretärs zu hören.

„Aber wie bringe ich die Essener Fürstäbtissin dazu, uns die Madonna zu überlassen? Sie kann eine große Portion göttlicher Gunst mindestens genauso gut brauchen wie wir! Und wie mir ein Bruder im Amte zutrug, der dieser Tage aus dem Stift zurückkehrte, hat sie schon einen Suchtrupp ausgesandt, der die Elfenbeinmadonna finden und nach Essen bringen soll. Drei geheime Agenten sollen es sein, getarnt als Wanderbeginen."

Kilian dachte einen Moment nach. „Ihr habt Recht, die Fürstäbtissin wird Euch die Statue gewiss nicht freiwillig überlassen, und zwingen könnt Ihr sie kaum. Es gibt nur eine Möglichkeit, an die Statue zu kommen."

„Und die wäre?"

„Ich habe da schon eine Idee. Der Suchtrupp wird für uns arbeiten, ohne es zu wissen. Lasst mich nur machen. Ich brauche ein schnelles Pferd und eine nicht zu knapp gefüllte Reisekasse. Morgen früh breche ich auf. Ihr könnt schon mal die feierliche Begrüßung der Elfenbeinmadonna durch die Kölner Bevölkerung vorbereiten."

SPIRITUELLE UNTERWEISUNG

„Hier wird sich in nächster Zeit einiges ändern!" Cordula von Cappenberg, genannt Controletta, kam allmählich in ihrer neuen Rolle als Meisterin an und genoss die Autorität, die sie daraus bezog. Dass die alte Meisterin Henrike von Havixbeck und die beiden Beginen, von denen sie den meisten Gegenwind zu erwarten hatte, Renitenta und Jolanthe, nicht da waren, erschien ihr wie ein Antrittsgeschenk des Himmels. Als erstes hatte sie die Schwestern darum gebeten, sie nicht mehr Controletta zu nennen. „Wie sollen wir Dich denn jetzt nennen?" hatten die acht Beginen, aus denen der Konvent zurzeit bestand, gefragt.

„Ehrwürdige Mutter würde mir gut gefallen."

„Merkwürdige Mutter trifft es vielleicht eher", nörgelte Maria Influenza. Controletta bedachte sie mit einem kalten Blick und entgegnete: „Dann haben wir jetzt eine merkwürdige Köchin und eine merkwürdige Mutter."

„Auf jeden Fall zicken ehrwürdige Mütter nicht rum", Reimunde versuchte wieder einmal, den Konflikt abzufangen.

„Mag sein, aber ich bin hier sicher nicht diejenige, die die größten Wissenslücken im Benimmcode für Beginen hat. Darum bin ich sehr dankbar für den Vorschlag von Maria Exacta, statt des wöchentlichen Spieleabends jede Woche einen Abend der „spirituellen Unterweisung" durchzuführen. Und zum Glück haben wir bereits für heute etwas vorbereitet. Liebe Maria Exacta, ich erteile Dir das Wort."

Die Beginen waren fassungslos, aber zu mehr als einem leichten Murren waren sie zunächst nicht imstande.

Maria Exacta setzte sich umständlich zurecht. Das sonst so nüchterne Gesicht der Schatzmeisterin hatte etwas Verklärtes. Sie hielt eine Art Spickzettel auf Armeslänge vor sich und begann in salbungsvollem Ton: „Ich möchte Euch heute drei Begriffe nahebringen, die für das Leben als Begine unabdingbar sind: Gehorsam, Keuschheit und Bescheidenheit. Ich möchte Euch dazu etwas aus dem Leben der Hl. Elisabeth von Thüringen erzählen, die diese Eigenschaften verkörpert hat wie sonst kaum jemand."

„Klingt ein bisschen wie ein Gedicht, das meine Oma immer parat hatte, wenn sie uns erziehen wollte", Klara hatte sich entspannt zurückgelehnt und gab ihren Kommentar in ruhigem Ton ab. Man konnte ihren Ärger jedoch spüren. „Sei wie das Veilchen im Moose, bescheiden, sittsam und rein, und nicht wie die stolze Rose, die immer bewundert will sein." Sie schüttelte sich, als ob sie eine schlechte Erinnerung loswerden müsste. „Ich habe mich im Verlauf meiner eigenen spirituellen Entwicklung für den Pfad der Selbstbewunderung entschieden. Dazu kann ich Euch gerne einmal eine spirituelle Unterweisung zukommen lassen. Wie wäre es mit nächster Woche?" Klara schaute sich erwartungsvoll um.

„Kann ich jetzt weitermachen?", fragte Maria Exacta und warf der neuen Oberin einen hilfesuchenden Blick zu. Die nickte und schüttelte das Versammlungsglöckchen, bis wieder Ruhe herrschte.

„Controletta, ich meine natürlich die ehrwürdige Mutter Oberin, und ich - obwohl, die Idee ist natürlich schon von mir - also wir haben beschlossen, dass wir alle zusammen einen dieser neuen Selbstkasteiungs-Workshops besuchen sollten". Sie wollte weitersprechen, aber nun brach ein richtiger Tumult los.

„Seid Ihr von Sinnen? Dann hätte ich ja genauso gut Walther von der Bosebecke heiraten können!" Maria Influenza war jetzt richtig in Fahrt.

„Außerdem haben wir noch gar nicht beschlossen, dass wir Eure spirituelle Unterwanderung oder wie auch immer das heißen soll, überhaupt haben wollen", brachte Graziella in Erinnerung.

„Es ist auch nicht nötig, dass Ihr zustimmt. Wir haben jetzt eine Meisterin, die uns diese endlosen, zu nichts führenden Diskussionen abnimmt." Maria Exacta schien der neue Führungsstil zu gefallen.

„Hast Du statt der Bohne Dein Gehirn in den Topf geworfen?" Maria Influenza war jetzt wütend aufgesprungen und ruderte aufgeregt mit den Armen. Reimunde seufzte. Morgen würde es wieder die Breivariante mit bestialisch viel Salz geben.

Es war lange her, dass die Beginen ihre Versammlung so aufgeregt und zerstritten beendet hatten. Wie in Zeiten, die sie längst überwunden glaubten, stellten sie die Betten im Schlafraum auseinander und bildeten zwei Lager. Reimunde trank ein wenig mehr von ihrem Schlaftrunk. Henrike hatte ihr die Flasche noch einmal gut gefüllt, bevor sie den Beginenhof verließ. Tapfer zerrte sie ihr Bett in die breite Lücke zwischen den beiden Lagern und wünschte demonstrativ zu beiden Seiten „Gute Nacht!".

DAS GLÜCK DER FÜSSE

Renitenta, Jolanthe und Henrike wussten nichts von den Spannungen, die den Schwestern im heimischen Beginenhof das Herz schwer machten. Aber eines Morgens berichtete Henrike ihren beiden Beginenschwestern von dem Traum, der sie in der Nacht erschreckt hatte. Die Beginen fuhren gemeinsam auf einem Schiff durch stürmische See, das Segel war zerfetzt und riesige Wellen drohten das Schiff zu verschlingen. Und die Beginen, anstatt zusammen dem Sturm zu trotzen, stießen sich gegenseitig ins Wasser, bis das Schiff leer war.

„Du hast Schuldgefühle, weil Du nicht mehr am Steuer stehst, und machst Dir Sorgen um das Schiff „Beginenhof", erklärte ihr Jolanthe. „Das musst Du aber nicht, die sind alle schon groß und können schwimmen."

Henrike bezweifelte das in dem einen oder anderen Fall, aber sie beschloss, sich keine Sorgen mehr um die Beginen zu machen.

Die Wanderung gen Osten fiel ihr immer leichter. Die Sonne schien vom Frühlingshimmel, das Land, das sie durchschritten, wurde grüner und grüner, mal war es hügelig, mal weit und eben. Dichte Wälder wechselten mit kargen Heideflächen. Manchmal fanden sie an einer Wegekreuzung eine Schänke und ließen sich zu einer Pause nieder. In allen Städten gab es einen oder mehrere Beginenhöfe. Sie verbrachten einige Tage bei den Beginen in Bochum und genossen die Gastfreundschaft der Schwestern in Dortmund, Unna und Hamm. Wo immer sie hinkamen, freuten sich die Beginen über sechs zusätzliche Hände, die mit anpacken konnten. Überall gab es reichlich zu tun, und in vielen Höfen waren die Schwestern in die Jahre gekommen. Es gab nicht genug junge Beginen, um all die Arbeit zu bewältigen, die inner- und außerhalb der Höfe geleistet wurde. So mochten die drei Wanderbeginen keine Bitte abschlagen, halfen hier, das Bettstroh zu erneuern, und dort, eine Wand neu zu verputzen, reparierten Ställe und befreiten nahezu alle Beginengärten zwischen Essen und Gütersloh vom üppig sprießenden Unkraut. Renitenta lernte eine Menge über Menschlein und Kräutlein. Abends schrieb sie so manchen Dank an die Heilige Jungfrau in ihr Tagebuch.

Am meisten liebte sie die Wandertage, wenn sie in der schläfrigen Kühle des frühen Morgens aufbrachen, in den ersten Stunden schweigsam nebeneinander ausschritten, nicht wissend, wo sie am Abend ihr müdes Haupt auf piekendes Stroh betten würden und was der Tag für sie bereit hielt. Renitenta spürte ein nie gekanntes Glücksgefühl. Sie nannte es „das Glück in den Füßen".

Das Leben war herrlich, nur von der Elfenbeinmadonna gab es nicht die geringste Spur. Natürlich fragten die drei Suchenden ausführlich nach ihr, und jedes Mal, wenn sie einen Beginenhof erreichten, führte sie der erste Weg in die Kapelle, um einen Blick auf die dort residierende Madonna zu werfen. Das trug ihnen den Ruf allergrößter Frömmigkeit ein, tatsächlich aber zweifelte Renitenta manchmal, ob der Traum tatsächlich ein Hinweis auf den Aufenthalt der kleinen wunderwirkenden Gottesmutter gewesen war.

Sie hatten sich angewöhnt, beim Erreichen einer Stadt und beim Eintritt in einen Beginenhof auf Mäuse und Ratten zu achten. Und die waren bisher überall reichlich vorhanden. Eine wahre Plage waren sie vor allem in den Getreidespeichern und Lagerhäusern. In der Stadt Paderborn, die sie inzwischen erreicht hatten, drohte eine Hungersnot. Mehrere kalte und nasse Sommer hatten zu schlechten Ernten geführt, die Steuerforderungen des Kurfürsten und der unglaubliche Appetit der Mäuse und Ratten hatten den Rest verschlungen.

„Hier ist im Umkreis von 1000 Meilen keine Madonna, die Mäuse vertreibt. Und ich frage mich, ob es die wirklich gibt. Vielleicht hast Du auch die falsche Himmelsrichtung geträumt. Osten! Wer will schon in den Osten. Wenn wir noch ein paar Tage weiterlaufen, sind wir bei den Hunnen. Ich meine, ich hätte schon ein paar Schlitzaugen gesehen", nörgelte Jolanthe eines Morgens los. „Ich sehe uns schon als Gefangene in einer dreckigen verqualmten Jurte rohes Fleisch essen."

„Seit wann bist Du so rassistisch? Du hättest ja nicht mitkommen müssen und Du kannst jederzeit umkehren."

Bei aller Freundschaft wollte sich Renitenta ihr Abenteuer nicht vermiesen lassen. Was war los mit dieser Jolanthe, die im Dunstkreis des heimischen Beginenhofs so waghalsig war?

Entsetzt sah sie zu, wie Jolanthe ihr Bündel nahm und losmarschierte – in die falsche Richtung.

DER ENKELTRICK

„Kann ich Eure Meisterin sprechen?"

Roswitha starrte den jungen Mann, der noch nach Einbruch der Dunkelheit an das Tor des Beginenhofs geklopft hatte, verständnislos an.

„Was wollt Ihr denn von ihr?"

„Ich muss sie wirklich dringend sprechen, könnt Ihr sie holen?"

„Ich schau mal, was sich machen lässt. Versprechen kann ich Euch nichts!" Mit diesen Worten stolzierte die Begine langsam auf das Haus zu und verschwand darin.

Nach einer kleinen Ewigkeit kam sie an der Seite einer hageren und streng blickenden Frau zurück.

„Was kann ich für Euch tun?"

„Gar nichts, ich sagte doch, dass ich mit der Meisterin reden muss!"

„Ich bin die Meisterin."

„Seit wann?"

„Seit zwei Wochen."

„Was ist mit Henrike? Sie ist doch nicht gestorben?"

„Nein, sie hat ihr Amt abgegeben und ist Wanderbegine geworden."

Kilian von der Königsheide war gleichzeitig erleichtert und erschrocken. Seine Patin lebte und war bei Kräften, das war die gute Nachricht. Gleichzeitig verstärkte sich eine Befürchtung, die ihn den ganzen langen Ritt von Köln nach Essen geplagt hatte. Was wäre, wenn die drei Agenten der Fürstäbtissin gar keine verkleideten, sondern echte Wanderbeginen wären? Er hatte sich damit beruhigt, dass es immer noch sehr viele Beginen gab, auch wenn ihre Anzahl schwand und so mancher Beginenhof in den reformierten Städten aufgelöst worden war. Aber wenn es tatsächlich Henrike war, die jetzt als Wanderbegine nach der Madonna suchte, stand ihm eine schwierige Entscheidung bevor. Würde er wirklich seiner Tante, die ihn immer beschützt hatte, die Elfenbeinmadonna abnehmen, wenn sie sie zuerst finden sollte? Ohne die Statue konnte er sich in Köln nicht mehr blicken lassen, so viel stand fest.

„Ist Eure hochgeschätzte Amtsvorgängerin allein unterwegs? Und hat sie Euch ein Ziel genannt?"

Roswitha antwortete schnell: „Renitenta und Jolanthe hätten die Mutter Oberin niemals allein nach Bielef…"

„Du bist jetzt sofort still, Du dummes Plappermaul!", unterbrach sie die Meisterin. „Wieso lässt Du Dich von einem wildfremden Mann ausfragen, der uns noch nicht einmal seinen Namen genannt hat. Geh ins Haus, wir sprechen uns später!"

Der junge Mann merkte, dass er einen Fehler gemacht hatte und schlug einen anderen Ton an. „Verzeiht die Unhöflichkeit, aber wahrscheinlich habt Ihr meinen Namen noch nie gehört. Ich bin Kilian von der Königsheide, und Henrike von Havixbeck ist meine Patentante. Ich bin den weiten Weg aus Köln gekommen, um sie um ihre Unterstützung zu bitten. Ich habe nur ein paar Fragen, vielleicht könnt Ihr…"

Die hagere Frau warf ihm einen verächtlichen Blick zu. „Mag sein, dass wir etwas hinter dem Mond leben, aber auf einen Enkeltrick fallen wir nicht rein, jedenfalls ich nicht!" Der verächtliche Blick blieb, jetzt ging er in Richtung des Hauses, in dem Roswitha verschwunden war. „Aus Köln ist noch nie etwas Gutes gekommen!"

Mit diesen Worten schlug sie das Tor mit aller Kraft zu. Der Sekretär des Erzbischofs überlegte, ob es besser gewesen wäre, wenn er seinen Auftraggeber genannt hätte. Aber die neue Meisterin hätte wahrscheinlich die Tür nur noch fester zugeschlagen, wenn sie das Wort Erzbischof gehört hätte. Wie es wohl den Beginen mit ihr gehen würde?

Controletta hatte die Beginen zur dritten Sonderversammlung in zwei Wochen zusammengerufen.

„Was ist nun schon wieder, ich muss den Hühnerstall sauber machen, das ist eigentlich Jolanthes Aufgabe, und Renitentas Spüldienst muss auch noch eine übernehmen, ich mach jetzt gar nichts mehr." Graziella war seit Tagen schlecht gelaunt, und sie war nicht die einzige im Beginenhof.

Controletta erklärte mit drastischen Worten, wie leichtsinnig Roswitha gehandelt hatte, als sie den Ort verriet, zu dem die drei Wanderbeginen vermutlich unterwegs waren. „Wenn sie jetzt überfallen werden, bist Du schuld!"

„Du hast schließlich selbst verraten, dass Henrike als Wanderbegine unterwegs ist, und ich kriege jetzt den vollen Ärger ab. Das ist so was von unfair. Ich kann doch auch nichts dafür, dass Henrike und Jolanthe verschwunden sind, ohne Deine Erlaubnis einzuholen." Roswitha entschloss sich, diesmal nicht mit Türenknallen den Raum zu verlassen, die Türen mussten ohnehin fast alle erneuert werden.

Stattdessen sagte sie leise, aber entschieden: „Egal, ob ich schuld bin oder Du, wir können die drei jetzt nicht im Stich lassen. Ich packe jetzt ein paar Decken und etwas Proviant in den Bollerwagen, morgen früh gehen wir sie suchen."

Alle Augen waren auf Controletta gerichtet. Was würde sie tun?

Controletta nickte. „Aber zwei oder drei müssen hier bleiben, wegen der Hühner, der gerade gekeimten Kohlpflänzchen und falls dieser Enkel hier noch einmal aufkreuzt."

Der wartete in seiner Herberge auf das erste Tageslicht, um nach Osten zu reiten. Wenig später brachen auch die Beginen auf, bis auf Reimunde und Ambivalenzia, die den Hof und die Hühner versorgen mussten.

Auch Renitenta und Henrike hatten sich nach einigen anstrengenden Tagen in Paderborn, in denen sie im überfüllten Spital ausgeholfen hatten, endlich wieder auf den Weg gen Osten machen können. Nur Jolanthe war unterwegs nach Westen. Zumindest glaubte sie das.

FINDEN UND VERLIEREN

Henrike und Renitenta waren so langsam wie nie zuvor. Das hatte zwei Gründe. Zum einen drehte Renitenta sich alle fünf Minuten um und spähte zurück, die Hand über den Augen. Ohne dass sie darüber sprachen, rechneten Henrike und Renitenta beide fest damit, dass Jolanthe hinter ihnen hergelaufen kommen würde, um die Reise gemeinsam fortzusetzen. Jolanthe war aufbrausend, aber nachtragend war sie nicht. Normalerweise reichte der wohltuende Schlaf einer Nacht, um sie zu besänftigen.

Der andere Grund für ihre Langsamkeit lag in Henrikes nachlassenden Kräften. Schon bei der letzten Etappe war es Renitenta aufgefallen, dass die alte Meisterin ein wenig hinkte. Inzwischen zog sie ein Bein deutlich nach und blieb immer öfter stehen, um sich auszuruhen. Wenn sie sich unbeobachtet glaubte, zog sie die Luft über die Unterlippe, wie es Menschen tun, die Schmerzen haben.

Renitenta bemühte sich, so langsam zu gehen, dass Henrike nicht zurückfiel. So lange sie heimlich auf Jolanthe wartete, war das kein Problem. Aber wie sollte es weitergehen? Der Abstand zwischen den Städten und Städtchen wurde immer größer, die Gegend dazwischen immer einsamer und wilder. Was würde passieren, wenn Henrikes Schmerzen schlimmer würden? Müssten sie im Wald übernachten, bei den Wölfen, die es hier sicher reichlich gab?

Der Wald wurde dichter und dunkler, der Weg immer schmaler. Henrike stolperte vor sich hin. Sie jammerte nicht, aber sie sprach kein Wort mehr. Jeder Schritt kostete sie so viel Kraft, dass kein Gespräch mehr möglich war. Renitenta war mit ihren Sorgen um Jolanthe und Henrike allein.

Gegen Mittag erreichten sie eine Lichtung. Neben einer riesigen alten Eiche lagen zwei umgestürzte Bäume. Henrike ließ sich auf die erste Sitzgelegenheit seit dem Morgen fallen und rührte sich nicht mehr. Allmählich wurde Renitenta bewusst, dass ihre ehemalige Meisterin doppelt so alt war wie sie. Vielleicht hätte sie nicht zulassen sollen, dass Henrike mitkam.

Noch einmal schaute sie sehnsüchtig zurück. Wenn wenigstens Jolanthe wieder da wäre! Ihr Blick ging nach vorne, ans Ende der Lichtung, dahin, wo der schmale Weg wieder in den Wald führte.

Eine Gestalt kauerte im hohen Farnkraut. Renitenta gab Henrike ein Zeichen und tauchte in den Wald ein, um im Schutz der Bäume an die Gestalt heranzuschleichen. Schon bald hörte sie ein erschöpftes, aber ununterbrochenes Schimpfen.

„…der dämlichste Aberglaube, den man sich vorstellen kann, eine Madonna aus Elfenbein, die Mäuse fängt, was hast Du Dir dabei gedacht, scheinheilige Jungfrau! Und ich Dumpfbacke laufe noch hinterher, ziehe mit qualmenden Socken nach Osten und renoviere unterwegs alle Beginenhöfe zwischen Essen und Stralsund. Jetzt sitze ich hier, habe nichts zu essen und zu trinken und keine Ahnung, in welche Richtung ich gehen muss!"

„Am besten, Du gehst erstmal mit mir ein kleines Stück zurück und hilfst mir, unsere Meisterin von hier weg zu bringen. Oder möchtest Du die Nacht mit den Wölfen verbringen?"

Jolanthe war bei Renitentas Worten aufgesprungen, und wollte die Freundin gerade erleichtert in die Arme schließen, als sie plötzlich innehielt.

„Wieso kommst Du von dort? Und wieso bist Du überhaupt hier? Seid Ihr auch auf dem Rückweg?"

„Ich glaube eher, Du bist auf dem Irrweg. Gut, dass ich Dich gefunden habe!"

Die beiden Beginen stritten noch eine Weile hin und her, dann gingen sie über die Lichtung zu Henrike zurück.

Die umgestürzten Bäume waren leer. Von Henrike war nichts zu sehen.

„Keine Panik! Sie ist sicher nur mal kurz in die Büsche verschwunden."

Sie warteten einige Minuten. Renitenta wanderte unruhig hin und her. Sie fand die Reste eines Lagerfeuers und ein paar Knochen. Waren sie von der Mahlzeit einiger Reisender übrig geblieben oder von den Reisenden selbst?

Nach einigen weiteren Minuten begannen Jolanthe und Renitenta den Wald, der die Lichtung umgab, zu durchsuchen. Sie fanden einen einzelnen Schuh und einen zerrissenen, blutigen Rock. Beides gehörte nicht Henrike. Von ihr gab es nicht die geringste Spur.

„Meinst Du, dass vielleicht der Heilige Geist sie mit einer Wolke abgeholt hat? Sie war so eine besondere und spirituelle Frau, es würde mich nicht wundern, wenn…"

„Hör sofort auf, in der Vergangenheit zu sprechen!" Renitenta konnte ihre Angst kaum noch beherrschen. Was war hier los? Räuber, Wölfe, oder hatte sich Henrike doch im Wald verlaufen und lag irgendwo hilflos in den Heidelbeeren?

Jolanthe hörte es zuerst.

„Hör mal!"

„Was soll ich hören?"

Dann hörte Renitenta es auch. Gleichzeitig spürte sie das Vibrieren des Bodens. Es klang nach einem Pferd, das sich sehr schnell auf sie zu bewegte.

ENERGETISCHE RETTUNG

Auch die Beginen, die am Morgen mit ihrem alten Bollerwagen in Essen aufgebrochen waren, kamen nur langsam voran. Schließlich waren sie keine Wanderbeginen und wollten auch keine sein. Auch war es für sie selbstverständlich, auf die Schwächeren und Langsameren Rücksicht zu nehmen. Roswitha und Controletta zogen einträchtig den Bollerwagen, dessen hintere Räder besorgniserregend eierten.

„Welche ist eigentlich für die Wartung des Bollerwagens verantwortlich?", fragte die neue Meisterin.

„Ich glaube, das ist Elisabeth!"

„Nein", protestierte die von ganz hinten. „Die Verantwortung habe ich vor einem Monat niedergelegt, als die Schatzmeisterin mir das Geld für die neue Achse nicht bewilligen wollte!"

Im hinteren Teil des kleinen Umzugs war inzwischen eine andere Diskussion ausgebrochen.

„Dass wir Renitenta und Henrike, na ja, und meinetwegen auch Jolanthe heil zurückhaben wollen, ist für mich gar keine Frage. Aber so eine Elfenbeinfigur, wegen der vielleicht ein Elefantenbaby seine Mutter verloren hat, die will ich nicht in unserer Kapelle haben, dann sollen mir lieber die Mäuse die Speisekammer leer fressen." Maria Influenza hatte schon einmal auf einem Jahrmarkt einen Elefanten gesehen. Die großen Tiere hatten ihr sehr gefallen, und sie mochte sich nicht vorstellen, dass sie nur wegen ihrer Stoßzähne gejagt und getötet wurden.

„Vielleicht nehmen sie nur die Zähne von den Tieren, die sowieso gestorben sind." Elisabeth suchte nach einem Ausweg aus der Debatte.

„Ganz sicher nicht! Deine Naivität ist wirklich unglaublich". Klara blieb stehen, für so eine Diskussion bekam sie im Laufen nicht genug Luft. „Ich will auf gar keinen Fall, dass irgendetwas aus den Zähnen dahingemordeter Tiere in unser Haus kommt, das gibt ganz schlechte Energien."

Je lebhafter die Diskussion wurde, desto öfter blieben die Frauen stehen. Immer wenn sie sich wieder in Bewegung gesetzt hatten, brachte ein neuer aufregender Redebeitrag die Gruppe wieder ins Stocken. Es war schon früher Nachmittag, und der Rettungstrupp der Beginen war noch nicht mal in Steele.

„Jetzt lasst mal die Quatscherei und lauft ein bisschen schneller", hatte Controletta gerade gemahnt, da ertönte ein lautes Krachen. Der Bollerwagen geriet ins Kippen, ein Rad hatte sich gelöst und kullerte, vom Gewicht des Wagens befreit, munter voraus.

Controletta und Roswitha sahen sich ungläubig an. „Ich glaub's ja nicht. Was tun wir jetzt?"

„Du bist die Meisterin! Henrike hat in solchen Situationen immer gewusst, was zu tun ist!"

Klara rettete die ratlose Controletta.

„Ich glaube, das hier ist überhaupt nicht der richtige Ansatz. Wir verschwenden unsere Kräfte und werden die drei doch nicht einholen. Wir sollten uns auf das besinnen, was wir gut können, unsere Stärken nutzen, anstatt uns mit unseren Schwächen abzuplagen."

„Was schlägst Du vor?" Alle Augen waren jetzt auf Klara gerichtet.

„Wir sind gleich ganz nah an der Ruhr. Dort machen wir ein Picknick und essen unseren Reiseproviant auf. Dann brauchen wir den nicht mehr zu tragen. Anschließend suchen wir eine Stelle, wo wir einen Kreis bilden können. Ich bringe Euch endlich den Schutz- und Geborgenheitstanz bei, den ich Euch schon lange zeigen wollte. Wenn wir dann genug Energie aufgebaut haben, schicken wir sie mit dem Fluss nach Osten zu unseren drei Schwestern. Dann wird ihnen nichts passieren."

„Aber die Ruhr fließt nach Westen!" Maria Exacta konnte keine Ungenauigkeiten ertragen.

„Das macht gar nichts." Klara war sich ihrer Sache sicher. „Wenn die Energie stark genug ist, spielen Schwerkraft und Strömung keine Rolle."

WALDFRAUEN

Es dauerte keine zwei Minuten, dann hatte der Reiter die beiden Beginen erreicht. Er brachte sein Pferd so plötzlich zum Stehen, dass er fast abgeworfen wurde. Schnell hatte er sich aus dem Sattel geschwungen und das aufgeregte Tier beruhigt.

Renitenta hatte Isabella sofort erkannt. Sie war es gewohnt, die junge Frau in Männerkleidern zu sehen. So war sie vor vier Jahren in den Beginenhof gekommen, gehetzt von den kaiserlichen Feldjägern. In Frauenkleidern war sie ihr noch nie begegnet, nur einmal nackt im Badezuber. So war es geschehen, dass Renitenta zu den wenigen Menschen gehörte, die wussten, dass Kilian von der Königsheide in Wahrheit eine Frau war, die sich für ein waghalsiges, aber mit viel mehr Chancen verbundenes Leben als Mann, ja sogar als Soldat, entschieden hatte, immer in der Gefahr, aufzufliegen und mit einem Strick um den Hals zu enden.

Jolanthe wusste nichts von alledem. Mit großen Augen sah sie zu, wie Renitenta einen wildfremden jungen Mann auf das Herzlichste begrüßte. Führte ihre Freundin ein Doppelleben? War sie nur deshalb zur Wanderbegine geworden, um sich mit diesem schmächtigen Kerlchen zu treffen?

Ihre Verwirrung stieg noch, als Renitenta ihr den Reiter vorstellte. Sie schaute den jungen Mann einmal fragend an, der nickte, und Renitenta wandte sich zu Jolanthe und erklärte: „Jolanthe, darf ich Dir Isabella von

Havixbeck vorstellen, besser bekannt als Kilian von der Königsheide?

Noch bevor Jolanthe begriffen hatte, ob sie es mit einem Mann oder einer Frau zu tun hatte, fragte Kilian-Isabelle aufgeregt: „Wieso seid Ihr nur zwei? Wo ist meine Tante Henrike?"

Renitenta und Jolanthe warfen sich einen kurzen schuldbewussten Blick zu. Dann erzählten sie Isabella, wie es dazu gekommen war, dass Henrike allein auf den Baumstämmen zurückgeblieben war, und auch, dass sie bereits einen großen Teil des Waldes abgesucht hatten ohne Henrike zu finden.

„Es gibt eigentlich nur zwei Möglichkeiten", schloss Renitenta den Bericht ab. „Entweder sie liegt hilflos an irgendeiner Stelle im Wald, an der wir noch nicht gesucht haben, oder sie wurde entführt."

„Auf jeden Fall sollten wir weitersuchen und dabei auch auf Spuren einer Entführung achten", schlug Isabella sehr bestimmt vor. „Wir gehen zu dritt parallel durch den Wald und halten so viel Abstand, dass wir uns gerade noch hören können, damit wir uns nicht auch noch verlieren. Einverstanden?"

Sie suchten jeden Winkel, jede Mulde und jedes Gestrüpp ab, es gab weder eine Spur von Henrike noch Anzeichen einer Entführung oder eines Kampfes.

Der Wald wurde immer undurchdringlicher. Renitenta rief nach Jolanthe und Isabella, aber sie bekam keine Antwort. Mist, hoffentlich hatte sie die beiden nicht verloren. Hinter sich hörte sie das Knacken von Zweigen.

„Göttin sei Dank, da seid Ihr ja!", rief sie erleichtert. Dann wurde es dunkel um sie herum. Renitenta steckte mit dem Kopf in einem groben Sack und fühlte, wie ihre Hände gefesselt wurden. Sie bekam einen kräftigen

Schubs in den Rücken und wurde an dem Strick, mit dem ihre Hände festgebunden waren, vorwärts gezogen. Anfangs rief sie nach Isabella und Jolanthe, aber bald brauchte sie ihre ganze Aufmerksamkeit, um nicht zu stolpern oder sich zu stoßen.

Es schien so, als ob sie eine Ewigkeit durch den Wald geführt wurde. Endlich hörte das Ziehen am Strick auf. Mit einem weiteren Schubs landete Renitenta auf einem Baumstumpf. Der Strick wurde entfernt, danach wurde behutsam der Sack abgenommen. Das erste was Renitenta sah, war Isabella, die mit heruntergelassener Hose vor einer kleinen Frau mit wildem Haarschopf stand. „Es ist doch kein Mann, wir können sie leben lassen!" Auch Jolanthe saß auf einem Baumstumpf, sie sah blass und ängstlich aus.

„Willkommen bei den Waldfrauen". Die angenehme Stimme gehörte zu einer anderen Frau, ebenfalls mit wilder Mähne und einem bunten Gewand. „Ich hoffe, Ihr verzeiht uns den unbequemen Zugang zu unserem Dorf, aber wenn wir hier weiter sicher und in Frieden leben wollen, darf niemand den Weg kennen."

„Die Stadt, die keines Mannes Fuß betreten hat…." Renitenta erinnerte sich an ihren Traum.

„Genau", sagte die bunte Frau, „hier haben Männer keinen Zutritt, die meisten von uns haben gute Gründe, sie zu fürchten. Gut, dass Euer Begleiter kein Mann ist, wir hätten ihn wohl um unserer Sicherheit willen…", sie sprach nicht weiter.

Renitentas Blick fiel auf einen ausgehöhlten Baumstamm. In einer braungrünen Masse aus Schlamm und Kräutern lag eine Frau. Jolanthe war ihrem Blick gefolgt. „Menschenfressende Hunnen, ich hab's doch gewusst", zischte sie zu Renitenta hinüber. „Sie haben Henrike schon im Suppentopf, sieh doch nur!"

Die bunte Frau grinste. „Ihr habt Glück, wir essen kein Fleisch." Dann wurde sie ernst. „Eure Freundin war schon bewusstlos und völlig entkräftet, als unsere Wächterinnen sie fanden. Sie lag ganz allein neben ein paar Baumstämmen, und die Wächterinnen haben sie mitgenommen, damit sie nicht stirbt. Jetzt erholt sie sich in unserem Kräutersalzbad, aber es wird dauern, bis sie mit Euch weiterwandern kann."

DIE ELFENBEINMADONNA

Am nächsten Morgen brach Katharina, so hieß die bunte Frau, mit einigen sperrigen Gepäckstücken in die Stadt auf. „Vielleicht wollt Ihr Euch ein wenig um-schauen und habt die eine oder andere Frage. Hedwig wird sich um Euch kümmern, ich muss nach Bielefeld, um das hier los zu werden und unsere Vorräte aufzufül-len." Dann wandte sie sich an Isabella. „Es wäre mir eine große Hilfe, wenn ich Euer Pferd ausleihen könnte. Wir haben hier nur noch zwei Ziegen. Dann könnte ich alles mitnehmen und wäre heute Abend schon zurück." Isabella stimmte mit kurzem Nicken zu. Sie ging auf die Baumstammwanne zu, um nach Henrike zu schauen.

Die alte Begine lag mit einem entspannten Lächeln im Schlamm. Isabella steckte einen Finger in die Brühe. Sie war warm. „Wie macht Ihr das?", fragte sie die grau-haarige Frau, die gerade neue Kräuter brachte.

„Es sind ganz gewöhnliche Kräuter, die wir hier ein-setzen. Viele davon gibt es auch hier im Wald", erklärte die Alte ihr. „Aber die meisten Menschen wissen nicht, wie sie miteinander kombiniert werden müssen. Viele der Frauen hier sind Kräuterkundige, wir sind dem Scheiterhaufen oder der Hexentaufe entkommen."

„Fast alle Frauen des Dorfes leben hier, weil sie in der Welt da draußen ihres Lebens nicht sicher sind", erklärte Hedwig den Gästen.

Isabella und die beiden Beginen waren jetzt in der Mitte der Lichtung angekommen. Ein großes Zelt stand dort.

„Hier kochen, essen, singen und beratschlagen wir miteinander. Wenn wir in Gefahr sind, entdeckt zu werden, wird die Jurte abgebaut."

„Und wo schlaft ihr?"

„Schaut Euch die Bäume mal genau an!"

Es dauerte eine Weile, bis Renitenta die Baumhäuser sah, die so geschickt in die Baumkronen eingearbeitet waren, dass sie kaum zu erkennen waren. Seile oder Strickleitern führten hinauf, je nach Geschicklichkeit und Alter der Bewohnerin. „Für die ältesten und für Gäste gibt es Zelte auf dem Boden am Waldrand. Aber das wisst Ihr ja schon!" Renitenta nickte. Sie hatte die Nacht in einem sehr sauberen und bequemen Zelt verbracht und tief und fest geschlafen.

Nach und nach zeigte Hedwig den beiden Beginen das versteckte Dorf, in dem fast dreißig Frauen lebten. Alles war so angelegt, dass es auf den ersten Blick nicht zu sehen war. Sie bewunderten den Waldgarten, in dem Kräuter und Wurzelgemüse, Beeren und Pilzkulturen wuchsen, ohne dass es wie ein angelegter Garten aussah. „Permakultur", erklärte Hedwig stolz. „Hat Katharina, unsere Gärtnerin, selbst entwickelt."

„Wovon lebt Ihr eigentlich?", wollte Jolanthe wissen. „Doch nicht von ein paar Beeren und Kräutern?"

„Es ist fast so wie bei den Beginen", erklärte Hedwig. „Jede Frau, die hier lebt, kann etwas und setzt es zum Fortbestand der Gemeinschaft ein. Nur dass unsere Stärken nicht so sehr in der Krankenpflege liegen. Obwohl wir auch darin eine Meisterin haben", sie wandte sich Isabella zu, „Ihr werdet staunen, was unser Kräutersalzbad bewirkt. Und jetzt zeige ich Euch das Beste, unsere Höhle der wunderbaren Dinge".

Auf dem Weg durch den Wald flüsterte Jolanthe Renitenta etwas zu.

„Rate mal, was ich hier noch gar nicht gesehen habe! Fängt mit „M" an!"

„Ist doch klar! Männer!!

„Ja, aber das meine ich nicht!"

„Mitbringfrühstück?"

„Auch nicht!"

„Sag schon!"

„Na, Mäuse! Ich habe hier noch nicht das kleinste Hasel-, Feld- oder sonst ein Mäuschen gesehen."

„Meinst Du…?"

„Warum nicht?" Mit einem schnellen Blick auf Isabella schlug Jolanthe vor: „Lass uns später drüber sprechen!"

Sie waren zu einer Ansammlung von Felsen gelangt. Zwischen zwei dicken Felsbrocken gab ein breiter Spalt den Weg in eine große Höhle frei. Durch ein Loch in der Decke fiel Licht. Einige Fackeln hellten die Höhle zusätzlich auf. Acht Frauen blickten überrascht auf, als Hedwig mit den drei Frauen die Höhle betrat.

Die Höhle war vollgestellt mit schönen Dingen. Es gab gestickte Wandbilder, bunte und mit Bändern verzierte Hauben, Ölgemälde, Statuen, Broschen, Spangen und andere Kunstwerke.

Renitenta trat an einen der Arbeitsplätze und betrachtete das große Ölbild, an dem die Malerin gerade arbeitete. Zehn pummelige nackte Engel tummelten sich auf einer Wiese, sie tanzten miteinander und neckten sich. Ein Stück weiter stickte eine andere Künstlerin an einem

Wandteppich mit einem Blumenmotiv. Daneben versprach das Hämmern einer Goldschmiedin das Entstehen weiterer ausgefallener Schmuckstücke.

„Wie verkauft ihr diese herrlichen Dinge? Kommen Eure Kunden hierher?" Renitenta konnte sich nicht vorstellen, dass ein reicher Pfeffersack wie Hieronymus Overbeck oder die Fürstäbtissin mit einem Sack über dem Kopf durch den Wald tappte.

„Die Bielefelder Beginen verkaufen die Sachen für uns, sie kaufen auch die Materialien ein, und alles, was wir sonst noch brauchen. Das sind mutige und kluge Frauen, und das Beste ist, sie würden uns nie betrügen."

Jolanthe und Isabella waren an einem Stand mit Madonnenstatuen stehengeblieben. Die meisten Statuen waren aus Holz geschnitzt und farbig lasiert.

„Was ist das denn für eine kleine feine Gottesmutter, und woraus ist sie geschnitzt?" fragte Isabella gerade.

„Das ist eine Elfenbeinmadonna, das heißt, eine Kopie davon. Ich habe sie aus dem Holz des Bergahorns geschnitzt und mit einem besonderen Harz bearbeitet, so dass man kaum noch einen Unterschied zum Elfenbein feststellen kann."

„Kann ich das Original einmal sehen?" Isabella schaffte es irgendwie, sich ihre Aufregung nicht anmerken zu lassen.

„Es ist an einem sicheren Ort, ich weiß selbst nicht wo. Fragt Katharina, wenn sie heute Abend zurückkommt."

KATHARINAS ENTSCHEIDUNG

Katharina kam am gleichen Abend zurück, zufrieden saß sie im großen Zelt. Sie hatte aus Bielefeld einen Schlauch mit Bier mitgebracht, den sich die Waldfrauen schwesterlich teilten. Henrike war aus dem Schlammbad gestiegen und saß in eine dicke Decke gehüllt zwischen Isabella und Katharina.

„Wie gut, dass ich einige der großen Bilder und Statuen mit Deinem Pferd transportieren konnte, so werden wir bald genug Geld haben, um uns wieder ein eigenes Pferd zu kaufen. Ich möchte mich dafür bedanken, hast Du einen Wunsch?"

Isabella tat so, als ob sie nachdenken müsste. „Ich habe heute in der Höhle eine hübsche kleine Madonna gesehen, es war aber nicht das Original. Ich möchte Original und Fälschung einmal nebeneinander halten und vergleichen."

Katharina zog an ihrer dicken, stinkenden Pfeife. „Von Fälschung sprechen wir hier nicht so gern. Es handelt sich immer um zwei oder mehr Umsetzungen des gleichen Motivs. Martha, eine unserer besten Malerinnen, hat einmal ein Bild von ihrer Schwester Lisa gemalt, das wurde nach Italien verkauft. Kurz darauf hat ein Italiener aus Vinci fast genau das gleiche gemalt. Ist das nun eine Fälschung?"

Sie legte die Pfeife zur Seite. „Dein Wunsch überrascht mich nicht. Ich habe schon in Bielefeld gehört, dass sowohl der Erzbischof von Köln und Paderborn als auch die Fürstäbtissin von Essen ein Auge auf unsere Madonna geworfen und dazu ihre Agenten ausgeschickt haben. Die Gerüchte sind oft schneller als die Menschen, die sie betreffen. Ich nehme an, diese Menschen seid Ihr." Sie machte eine kleine Pause und sah Isabella prüfend an. „Vorausgesetzt, wir würden die Statue hergeben, habt Ihr Euch schon geeinigt, wer sie bekommt?"

Renitenta, Henrike und Jolanthe schauten Isabella finster an. „Es wäre schön gewesen, wenn Du mit offenen Karten gespielt hättest."

„Das hätte ich schon noch gemacht, aber es gab noch gar keine Gelegenheit, ungestört zu reden! Außerdem habt Ihr auch nichts gesagt."

„Dann werde ich die Entscheidung treffen!" Katharina hatte die Pfeife wieder angezündet. „Jetzt bin ich müde. Ich werde Euch morgen anhören, Eure Beweggründe und Eure Angebote prüfen, und dann mit den anderen Waldfrauen zusammen entscheiden, ob wir die Madonna hergeben."

In der Nacht hörte Renitenta noch lange die Stimmen von Katharina und einiger Waldfrauen, die um das Feuer herum saßen. Anscheinend hatte die Beratung schon begonnen.

Am nächsten Morgen rief Katharina sie ins Zelt.

„Wieviel Geld habt Ihr dabei?"

„Zehn Kreuzer!", murmelte Renitenta, die allein ins große Zelt gegangen war. Sie hatte Jolanthe gebeten, draußen zu bleiben. Ihr aufbrausendes Wesen war in solchen Situationen wenig hilfreich.

„Aber wir sind nicht gekommen, um die Madonna zu kaufen, sondern um ein gestohlenes Geschenk zurückzuholen." Und sie erzählte die Geschichte von Hubertus Grotemuhl, Beatrix von Holte und dem falschen Friedrich.

„Und seid Ihr sicher, dass die Fürstäbtissin Euch erlaubt, die Madonna im Beginenhof zu behalten?"

„Nein!", kam die kleinmütige Antwort.

Eine Stunde später saß Isabella auf dem gleichen Platz. Katharina kam sofort zur Sache.

„Was ist Dein Angebot?"

„Ich habe zwanzig Goldgulden im Geldbeutel."

„Sehr gut", Katharina hatte die Pfeife angezündet, legte sie aber jetzt weg, „dazu kommen noch die zehn, die Du in deinem Schuh versteckt hast, und ein Pferd, das mir sehr gut gefällt. Was würde eigentlich mit Dir geschehen, wenn Du ohne die Statue zurückkehrst?"

„Ohne die Madonna reite ich besser gleich weiter nach Osten und nehme einen neuen Namen an. Aber mach Dir darum keine Sorgen, das habe ich schon oft getan."

Es dauerte drei Tage, bis Katharina die Konkurrentinnen bat, noch einmal zu ihr in das Gemeinschaftszelt zu kommen.

Renitenta machte den Anfang. Diesmal waren Hedwig und die Schnitzerin aus der Höhle dabei. Vor ihnen standen zwei Madonnenstatuen, die nicht voneinander zu unterscheiden waren.

„Wir sind zu dem Ergebnis gekommen, dass Euch die Elfenbeinmadonna gehört und Ihr sollt sie auch haben. Isabella bekommt sie auch, allerdings eine Kopie. Sie wird es nicht merken. Aber wenn ich Dir einen Rat geben darf, behalte das für Dich, bis Ihr wieder zu Hause seid!"

Wenig später saß Isabella auf dem gleichen Platz und konnte sich über die gleiche Nachricht freuen. Katharina teilte ihr mit, dass die Waldfrauengemeinschaft der gebotenen Summe nicht widerstehen konnte. „Das können wir nicht ausschlagen, auch wenn es uns schwerfällt, die Elfenbeinmadonna herzugeben. Und dazu noch ein Pferd, das brauchen wir ganz dringend. Also nimm die Madonna und geh zu Fuß nach Köln."

„Renitenta wird eine Kopie nach Essen bringen, allerdings eine sehr gute, sie denkt, dass sie die echte Elfenbeinmadonna hat." Katharina sah Isabella eindringlich an. „Wenn ich Dir einen Rat geben darf, behalte das für Dich, bis Ihr wieder zu Hause seid!"

ABSCHIED

Henrike hatte sich gut erholt. Es war an der Zeit, das Dorf der Waldfrauen zu verlassen und nach Westen zu wandern, nach Hause.

„Henrike möchte Euch etwas sagen." Katharina war mitgekommen, sie gab der Begine einen freundschaftlichen Stoß. Henrike von Havixbeck holte tief Luft.

„Ich werde nicht mit Euch zurückgehen. Erstens graut es mir vor dem anstrengenden und schrecklich weiten Weg. Ich weiß gar nicht, ob ich das noch einmal schaffe. Außerdem habe ich schon bei der Wahl gemerkt, wie schwer es mir fällt, als Mutter Oberin in Rente im Beginenhof zu leben. Und hier gefällt es mir so gut, dass ich bei dem Gedanken, wieder weg zu müssen, schon seit Tagen traurig war."

Sie strahlte Katharina an. „Ich habe Katharina und die anderen Frauen gefragt, ob ich bleiben darf, und sie nehmen mich auf! Ich war früher mal eine ganz passable Holzschneiderin, vielleicht kann ich es noch."

„Ihr könntet doch vielleicht auch…", versuchte Henrike vorsichtig, Renitenta und Jolanthe zum Bleiben zu überreden. „Das würde nicht lange gut gehen!" Jolanthe zuckte bedauernd mit den Schultern. „Hier ist es so friedlich, das halte ich nicht aus."

Und so nahmen Jolanthe, Isabella und Renitenta nicht nur Abschied von den Waldfrauen, sondern auch von ihrer langjährigen Meisterin.

Den Weg zurück auf die Lichtung mit der alten Eiche mussten sie wieder mit verbundenen Augen zurücklegen. Diesmal reichten Augenbinden, der Sack blieb ihnen erspart. Ein letzter Dank, dann waren die beiden Wächterinnen, die sie begleitet hatten, verschwunden. Der dichte Wald hatte sie verschluckt, und nichts deutete darauf hin, dass er ein ganzes Dorf in sich barg, in dem dreißig Frauen aus der Not eine neue Lebensform, die vielleicht erste Künstlerinnenkolonie der Welt, gemacht hatten.

Isabella, die längst wieder Männerkleidung trug, lief voran. Sie war deutlich schneller als Renitenta und Jolanthe, und so beschlossen die drei, sich zu trennen, sobald sie sicher waren, dass sie dem richtigen Weg folgten. Als die Kirchtürme von Paderborn in Sicht kamen, war es soweit.

Sie wünschten sich gegenseitig eine gute Reise und Renitenta rief Isabella nach: „Pass gut auf Dich auf! Und auf die Madonna!"

Kilian von der Königsheide drehte sich ein letztes Mal um.

„Renitenta, glaubst Du tatsächlich, dass eine von uns beiden die echte Elfenbeinmadonna mit nach Hause bringt?"

Dann hüllte ihn der Staub des Hellwegs ein, und kurze Zeit darauf war er verschwunden.

GESCHICHTE UND GESCHICHTCHEN

Zum dritten Mal[1] nimmt uns Renitenta von Holsterhausen mit auf eine abenteuerliche Gratwanderung zwischen Geschichte und Geschichtchen. Sie führt uns in die Stadt und das Stift Essen zu Beginn der Neuzeit, wo sie mit elf anderen frommen Schwestern ein gottesfürchtiges und mildtätiges Leben zu führen versucht. Sechs Jahre zuvor hatte sie um Aufnahme in den kleinen Beginenhof am Pferdemarkt gebeten und war so der Ehe mit einem viel zu alten Witwer entkommen.

Wir sind im Jahr 1546 angekommen. Die hohe Zeit der Beginenbewegung ist vorbei, aber noch leben in fast allen Städten und Städtchen Frauen in spirituellen, aber in der Welt tätigen Gemeinschaften. Und als wäre das Leben unter Frauen nicht wild und gefährlich genug, beschließt Renitenta, den sicheren Beginenhof zu verlassen und als Wanderbegine auf die Suche nach einer Elfenbeinmadonna zu gehen, die keine der Beginen jemals gesehen hat.

Aber nicht nur im Geschichtchen, auch in der Geschichte ist vieles in Bewegung. Im Februar 1546 stirbt Martin Luther, fast 30 Jahre, nachdem er eine Erneuerung der katholischen Kirche gefordert hatte. Der Reformationsgedanke lebt weiter und ihm schließen sich immer mehr Träger weltlicher und kirchlicher Macht an, darunter auch der Erzbischof von Köln und Paderborn, Hermann von Wied. Er beschließt in einfältiger Frömmigkeit, in seinem Bistum die „Kölner Reformation" einzuführen. Kaiser und Papst sehen dem nicht tatenlos zu, das Jahr 1546 wird das Jahr seiner Amtsenthebung und Exkommunion.

---

[1] Das Tagebuch der Begine Renitenta, 2016
Die Schwarzmondbrüder, 2017.

Das klingt abenteuerlich, ist aber historisch belegt, wie auch andere bizarre Gestalten des Geschichtchens. Es hat sie wirklich gegeben, die „falschen Friedriche", betrügerische Nachfahren des berühmten Kaisers Barbarossa. Auch die Hl. Kakukabilla, die wohl eher ein Mann war, ist nicht meine Erfindung, ebenso wenig wie die Frauen, die lieber gefährlich in Männerkleidern lebten als in weiblicher Armut oder Prostitution. Es waren viele, sie wurden Soldaten, fuhren zur See, heirateten andere Frauen, und wenn sie enttarnt wurden, endeten sie am Galgen[2].

Mit den Beginen gemeinsam haben die „Transvestitinnen" des Mittelalters und der frühen Neuzeit, dass ihre Erfolge, aus einem vorgegebenen, nicht besonders verlockenden Lebensentwurf auszubrechen, lange in der Versenkung der Geschichte verborgen blieben, so als wolle man die Frauen späterer Zeiten nicht auf dumme Gedanken bringen. Dass es eine von ihnen bis zum Sekretär des Erzbischofs gebracht hat, ist nicht belegt, aber für ausgeschlossen halte ich es nicht. Dass allerdings die Rückkehr des erzbischöflichen Sekretärs Kilian von der Königsheide von Bielefeld nach Köln ohne Pferd tatsächlich der Ursprung des Liedes „Ich muss zu Fuß nach Kölle jon" ist, ist wohl eher ein „Geschichtchen".

Essen wird 1546 noch immer von Frauen regiert. Seit 300 Jahren haben die Äbtissinnen des Stifts den Rang von Fürstinnen, und tatsächlich geht die Gründung einiger Beginenkonvente im 13. Jahrhundert auf sie zurück.

Um diese Zeit entstand die Essener Elfenbeinmadonna. Es gibt sie tatsächlich, sie ist knapp 6 cm groß und zeigt Mutter und Kind in inniger Vertrautheit.

---

[2] Dekker, van de Pol: Frauen in Männerkleidern, 1990

Eine Pressemeldung über ihre Aufnahme in den Domschatz im Sommer 2017 gab mir das Stichwort zu diesem Büchlein.

„Eine Besonderheit hält die Figur auf der Rückseite versteckt. In einer rechteckigen Öffnung wurden einst Heiligenreliquien bewahrt. Diese sowie die Verschlussplatte sind nicht mehr erhalten."[3]

Könnte es sein, dass die mäusevernichtenden Kräfte der Hl. Kakukabilla tatsächlich durch eine eingelagerte Reliquie der/des Heiligen auf die Madonna übergegangen sind? Allerdings ist Essen nach meiner Kenntnis nicht frei von Ratten und Mäusen. Den Mäusen in unserem Gartenhäuschen geht es jedenfalls prächtig. Möglicherweise lässt die Wirkung nach einigen Jahrhunderten nach.

Historiker gehen davon aus, dass sich die Geschichte der Essener Madonna bis ins Mittelalter zurückverfolgen lässt und dass diese erstmals im Beginenkonvent „Zum Zwölfling" zu vermuten ist.

„Nach dessen Auflösung hat die Figur einen wechselvollen Weg. Die kleine Madonna kommt mit weiteren Kostbarkeiten zunächst zum Kloster „Im Turm" und schließlich ins Kapuzinerkloster, dem ersten Mutterhaus der Barmherzigen Schwestern."[4]

Hat die Begine Renitenta vielleicht doch die echte Elfenbeinmadonna nach Essen zurückgebracht?

Oder hat Isabella alias Kilian von der Königsheide das Original als Altersvorsorge behalten, als er Köln nach der Amtsenthebung des Bischofs verlassen musste? Was hat es zu bedeuten, dass ich bei der Internetrecherche auf eine Kleinanzeige aus Köln-Porz[5] stoße,

---

[3] www.dom-essen.de

[4] www.dom-essen.de

[5] www. ebay.de

in der für 45€ eine Madonna angeboten wird, mit der knappen Beschreibung: Elfenbein? Imitat? Oder was? Abholung erwünscht! Könnte es sich um die Kopie handeln, die Isabella in der Höhle der Waldfrauen bewundert hat?

Aber schließlich ist dies nur ein Geschichtchen, frei erfunden wie die Begine Renitenta von Holsterhausen, alle ihre Beginenschwestern und die Waldfrauen.

In letzter Zeit schlafe ich nicht gut. Das wird das Alter sein. Ich träume oft, ich wäre auf einer Lichtung in einem fremden Wald. Die Energie des Platzes ist ruhig und machtvoll. Ich gehe weiter und finde einen verwitterten ausgehöhlten Baumstamm, der an eine Badewanne erinnert. Meine Augen verfolgen ein Eichhörnchen, das einen hohen Baumstamm hinaufläuft. Plötzlich sehe ich merkwürdige Strukturen, so als hätte dort einmal jemand etwas gebaut. Mein Fuß stößt an etwas Hartes. Ein Stein? Im Mondlicht blinkt etwas sehr Helles.

Kannst Du mir sagen, Heilige Jungfrau, warum ich an der Stelle immer wach werde?